毎日を愉しむ48のヒント

元気に下山

五木寛之

宝島社新書

はじめに

明日が見えない。これは国際政治とか経済の問題だけではありません。人生に対する考え方そのものが、揺らいでいる。これまで常識として感じられてきた考え方が、どこでも、いつでも通用するとは言えなくなってきたのです。

人間関係を引っくるめて、およそ共通の規範というものが失われてきたようにも見えます。これまでの処世訓や人生観もそうです。いま私たちは、まさに未知の世界に足を踏み込もうとしているのではないか。

見えない明日に直面して呆然《ぼうぜん》と立ちすくんでいるのです。どう歩けばいいのか、何をめざすべきなのか、それが見えない。

私たちの前に、地図はありません。海図もなければ羅針盤もない。そして私たちの前には「人生100年」という、とんでもない現実が確実に待ちかまえている。

これまでの処世訓や人生観は、おおむね「人生50年」を想定して語られてきました。50歳まで生きれば、あとは余生とされていたのです。しかし、いまは違います。70歳ぐらいまでは働け、と国は要求しています。そのうち年金は75歳から、ということになるかもしれません。家族や、職業や、健康や、その他の人間関係も大きく変わることになるでしょう。現在、40代で結婚しない男女が増えていることもそのひとつです。

そんな不安定な日々を私たちはどう生きていけばよいのか。

それについては、様々なガイドやノウハウがあふれています。そして断定的な力強い言葉が多くの人びとを惹《ひ》きつけています。しかし、この世の中に白か黒かといった明白な判断などあり得るでしょうか。私にはその自信はありません。今日はこう思い、次の日には反対のことを考えるというのが正直なところです。

力強い断定的な言葉は、たしかに人を惹きつけます。しかし、そこには常にある危うさがひそんでいる。むしろ、あるときは右、あるときは左、という揺れ動く判断の中に真実はあるのではないか。

向かい風のときには前傾して歩く。追い風のときには踵《かかと》に重心をおく。それは登山と下山のときの歩行の姿勢の相違です。

あれほど明確に生き方を教えたブッダの言葉にも、ときとして左右のブレがあります。それを「待機説法《たいきせっぽう》」と言うそうですが、生きる言葉というものは時代を問わずそういうものではないでしょうか。

私はこれまで様々な意見を語ってきました。文章もあり、講演や放送での発言もあります。しかし、50余年にわたってずっと同じ言葉を発してきたわけではありません。ときには右と言い、ときには左と言う。しかし、それは必ずしも私の意見が左右にぶれているわけではないのです。変化するのは周囲です。風も前後左右から吹いてきます。それに応じて重心のかけ方が違うのは当然ではないでしょうか。

平安時代の「末法《まっぽう》の世《よ》」と言われた時期に、法然《ほうねん》という人物がとんでもないことを言いだしました。修行もいらない。戒律を守ることもない。ただひと言、声に出して念仏をとなえるだけで人は救われる、という驚くべき提言です。

法然はそれを「時機相応《じきそうおう》」の教えだと断言します。いまのこの世の中には、これしかないのだ、と。

いま「人生100年」という未曾有《みぞう》の現実を前にして、これまでの常識が音をたてて崩れていく。それが当然です。従来の思想も、哲学も、文化も、すべて「人生50年」を土台に成り立ったものだったのですから。

「人生100年」時代の問題は、定年退職後の老後をどう生きるか、などという単純な話ではありません。10代には、その先90年の人生が待っている。30代の働き盛りのサラリーマンには、その後に70年の人生が続くのです。

そのときになったら考えよう、などと呑気《のんき》なことを言っているわけにはいきません。未来という時間が倍になることは、前半生の生き方にも大きな影響と変化をもたらすことになるのです。途方もない未来の長さを前に、私たちはただ立ちすくむしかありません。

問題は、「人生100年」を生きる思想やカルチャーが、まだまったく成立していないことにあります。私たちは自転車に乗ったまま、時速100キロで走る高速道路に放り出されたようなものでしょう。

この状況を切り抜けて生きるためには、何が必要か。

それは自分で自分の生き方を探すしかないと思うのです。他人からの答えは参考にならない。自分で考え、自分で選びとる行動の支えとなる言葉はないのか。私は自分でそれに対する回答を持っていません。しかし、これまでの経験が役に立たない激変の時代を、敗戦とそれに続く日々で体験してきました。

その中で感じたことが、何らかのヒントになれば、と日々、小声で語り続けているのです。

五木寛之

元気に下山　目次

第1章 「人生100年」時代を生きる

第2章

人生後半の問題

第3章 晩年期の家族

第4章 新時代の日本社会

第5章 生きること、死ぬこと

装幀　bookwall
本文デザイン　近藤みどり
本文DTP　株式会社アイ・ハブ
カバー写真　毎日新聞社
取材協力　谷山宏典
編集長　田村真義
編集協力　大野 真

●本書における「問」は、編集部独自に40～70代の一般男性・女性からの質問を募集し、まとめたものです。

第1章

「人生100年」時代を生きる

01

風に吹かれて

風向きを感じながら、今日は西へ、
明日は東へとフワフワと漂っていく。
昨日言ったことと今日言うことが
違っていてもいい。

問

自分の健康や家族、老後の生活で悩むことがあり、決断ができません。優柔不断のまま決断を先延ばしにして、あれこれ悩み続ける私はやはりダメなのでしょうか？

答

「あれも、これも」でもかまわない

悩み続けること、ぜんぜん結構だと思います。

世の中には、お悩み相談にしても、健康法にしても、「これをすれば大丈夫だ」「これだけで効果がある」と言い切るものが多々あります。しかし、私はそうした断定的な言葉を信じていません。シンプルで力強い断定は魅力的ですが、人間の心や体、社会のあり方はそんなに単純なものではないと考えているからです。

人は、様々な場面で「あれか、これか」という選択を迫られます。私自身、これまでいくつもの「あれか、これか」の選択をした結果、いまに至っています。ただ、私のようないい加減な人間にとって、数ある中からいずれかひとつの道を選ばなければならないことは大変な苦痛でした。それであるとき、ふとこう考えたのです。「『あれか、これか』ではなく、『あれも、これも』と両方とも抱え込んでしまったら、どうなるだろう?」

人生は選択の連続です。その選択において、どちらが正しくて、どちらが間違っているかなんて、誰にもわかりません。ならば、「あれか、これか」とすっきり決められるときには、自分がいいと思う方を選びとる。でも、何となく決めがたいと思ったら、とりあえず「あれも、これも」でもいいのではないか。

両方を抱え込むことによって負担や混乱が生じるかもしれませんが、その中から生まれるものを見てみた方がいいと思うのです。それにもし負担や混乱が生じて、それに耐えられなくなったら、その時点で選択をすればいいだけの話です。

浄土真宗の教えの中に「真俗二諦《しんぞくにたい》」という言葉があります。仏教の真理も俗世間のことも両方とも大事にして使い分けようという考え方です。この考え方に対して、「使い分けはよくない」「真理はひとつだ」「俗世間に妥協する便宜主義だ」と激しく非難する人も多いのですが、私はむしろ「それもありかな」と共感しています。日本ではどちらかと言えば、確固たる信念を持って一筋の道を歩む生き方を称賛する傾向があります。しかし、私は、二筋あってもいいし、三筋あってもいいだろうと考えてきました。

いま、私たちは、人生１００年時代という未曾有の時代に突入しようとしています。社会は時々刻々と激変し、数カ月後、あるいは数年後に何が起こるかは予測がつきません。そうした歴史の大転換期にあっては、一点不動の信念に生きている人は決して強くはない。その信念、その生き方に固執するあまり、変化に対応できないからです。むしろ、風向きを感じながら、今日は西へ、明日は東へとフワフワと漂っていく。昨日言ったことと今日言うことが違っていてもいい。今日言ったことと明日言うことが違ってもかまわない。

そのときどきの状況に応じて、こっちの道、あっちの道と変わっていけばいいのです。

元気に下山
02
道楽としての老後

その努力が報われるかどうか
ということではなく、
やりたいからやる。
ただそれだけのことです。

問

定年後、いきなり社会に放り出されるリスクを考えると、65歳までいまの会社にしがみつくべきか、早期退職して老後のための準備を早めに行うべきか、迷っています。どうすべきでしょうか。

答

人生はただ流されるだけ。思い通りにはならない

人生は、自分の思い通りにはいかないものです。こうした方がいいと思って人生の舵《かじ》を切っても、それが実際に吉と出るか凶と出るかわかりません。ですから、「こうするべきです」とはっきりとした答えが言えないのが正直なところです。

仮に早期退職をして老後の準備を早めに行ったとしても、大きな病気を患ってしまったら、すべてのことをまた一から考え直さなければなりません。

こうありたいと理想の人生を思い描き、計画を立て、努力するのは大事なこと

ですが、その努力が必ずしも報われるとはかぎらない。私は昔から根がネガティブでひねくれた性質なので、ずっと「努力は報われない」というヘンな考えで生きてきました。

人生は、自分の意志ではどうにもならず、運命や天命に従って、ただ流されるだけ。私が『日刊ゲンダイ』で40年以上にわたって書き続けている「流されゆく日々」という連載のタイトルも、私のそんな投げやりな人生観が反映されているのかもしれません。

それでもこれまでなんとか生きてきた。私がいろいろとやってきたのは、その努力が報われるかどうかということではなく、やりたいからやるという、ただそれだけのことでした。つまりは道楽なのです。

ですから、この質問者の方に唯一アドバイスできるとすれば、次のようなことになります。早期退職して準備をするのはかまわない。ただ、その準備が必ず報われるとは思わない方がいい。道楽として車に乗る人もいれば、競馬や麻雀をやる人もいるのと同じように、むしろ、道楽として老後の準備をすればいいのではないでしょうか、ということです。

道楽というとどことなく軽い感じがしますが、私は人生における道楽の効能もなかなか馬鹿にはできないと思っています。

強制収容所を生き抜くユーモア

第二次世界大戦中、ナチスドイツがヨーロッパ各地に強制収容所を作り、ユダヤ人をはじめとした多くの人びとを極めて科学的かつ合理的に抹殺したことは、皆さんもご存知だと思います。

そうした収容所での地獄のような日々を耐え抜き、奇跡的に生還した人びとがいます。彼らはなぜ生き残ることができたのでしょうか。

ある人は、屋外での過酷な作業中、足元の水たまりに映っている冬の木立の姿を見て、「あ、レンブラントの絵のようだな」と感じたという。

栄養失調で枯れ木のようになってしまった体を狭い寝床で横たえていると、ある夜、どこからか微《かす》かなアコーディオンの音が聞こえてくる。そのとき、ふと体を起こして、「この曲は昔ウィーンで流行《はや》ったタンゴではないか。あれはなんという曲だったんだろう?」と、這《は》うようにして壁際に行き、窓のすき間からその音に耳を傾けた人もいたという。そんな人が生き延びた。

強制収容所の体験記として有名な『夜と霧』の著者であり、心理学者のヴィクトール・フランクルは、かつて収容所にいたとき、仲間とひとつの約束をしたそうです。それは、毎日ひとつずつ、思わず笑い出したくなるような話を思い出したり、考え出したりして、お互いに披露し合おうじゃないか、というものでした。実際、フランクルと友人はその約束を守り合い、笑うなどということがまったく考えられないような悲惨な状況の中で、毎日ユーモアのある話を何とか捻《ひね》り出し、交代で語り合ってはハハハと笑い合ったというのです。

この笑うことを大事にしようとした感覚が、過酷な日々を生きていく上で不可欠であったと、フランクルは著書の中で述べています。

極限状態の中で人間を生かす力とは、必ずしも偉大な信仰や頑強な肉体、深い思想や強靭《きょうじん》な意志だけではありません。身のまわりの些細《ささい》なことに感動したり、思いを寄せられたりする、そうしたちょっとした心のあり方だったりすることもあるのではないか。強制収容所に関する様々な記録を読み、私はそう感じました。

老後の準備の話とナチスドイツの強制収容所のエピソードは、あまりにもかけ離れていると感じる方もいるかもしれませんが、人生をどう生きるかについてはどこかでつながっているように思います。

老後のためにいろいろと準備をするのはいい。お金もあるに越したことはない。貯蓄ができるのであれば、しっかりと貯めておくのもいいでしょう。

しかし、人生にはときにそんな準備を根底から覆すような大事件が起きたりします。交通事故にあって寝たきりになるかもしれないし、大病を患うかもしれない。また、自分は元気に過ごせたとしても、家族が病気をするかもしれない。

そんなときに生きる力を与えてくれるのは、たぶん積み上げてきた財産とか、綿密な人生設計とかではなく、おのおのがそれまでの人生で楽しんできたちょっとしたこと、つまりは遊び心なんじゃないかと思うのですが、どうでしょうか。

元気に下山

03

求められることに感謝

人から頼りにされること、
それに応えられること。
「ありがたい、ありがたい」と
思いながら毎日を過ごす。

問

「定年後は暇になる」と言われていますが、私の場合、先祖代々の墓を守ったり、町内会の仕事をしたり、さらには高齢の両親の介護と忙しい毎日です。いつまであくせくと働かなければならないのでしょうか……。

答　人のために働けるのは、むしろ幸せなこと

私に言わせれば、この質問者の方はとても幸せだと思います。

人間、歳《とし》をとれば、体のあちこちに不具合が出てきます。視力の衰え、耳が遠くなる、腰や膝が痛い、忘れっぽくなる……数え上げたらきりがないくらいです。

その症状がひどくなれば、もう他人のことなんてかまっていられない。生きること自体が、苦痛や不快に満ちたものになってしまいます。

自分一人では暮らしていくことができず、他人の世話になることだってあるでしょう。

人生の晩年というのは、往々にしてそういうものなのです。

傍目《はため》には何の悩みも不安もなく、元気に暮らしているように見えても、実は人知れず老いや病の苦しみと向き合っている人も大勢います。

永六輔さんは、83歳で亡くなるまで精力的に仕事をこなし、わりと陽気にやっているように見えましたが、晩年にはパーキンソン病や前立腺がんを患い、呂律《ろれつ》がまわらなくなったり、歩行困難になったりと相当に大変だったはずです。彼はまた、若い頃から歯のことでもずいぶん苦労していたのではないでしょうか。

写真家の秋山庄太郎さんは入れ歯でした。彼とは一緒によく麻雀をしていたのですが、ときどき勝負に集中できないからと入れ歯を外すことがありました。すると人相が鬼のように変わるので、卓を囲んでいた私たちは「庄太郎が鬼になるぞ」と言って笑ったものですが、本人にしてみればやはり相当な不自由さを感じていたのだと思います。

そうした体の不具合が50代の半ばくらいから、まるで堰《せき》を切ったようにドドドっと押し寄せてくるのです。

私だってそうです。

人からよく「五木さんはいつまでもお元気ですね」と言われるのですが、中年の頃の激烈な片頭痛の発作に始まり、腰痛、前立腺の肥大、最近では変形性股関節症と、数え上げれば５つ、６つぐらいの病気は抱えています。

話を質問に戻しますと、この方は定年後の現在もまわりの人からあれやこれやと頼まれて、その仕事をこなすことができているんですよね。もしかしたら、この方もそれなりに痛みや悩みを抱えているのかもしれません。それでも人の世話になるのではなく、人のために働けるのは元気な証拠ですし、それは老年期においてはいちばん幸せなことです。

ですから、人から頼りにされること、そしてそれに応えられることにむしろ感謝して、「ありがたい、ありがたい」と思いながら毎日を過ごしていってほしいと思うのですが、どうでしょうか。

元気に下山
04
自由気ままに独り

人の一生が、独りで生まれ、独りで死ぬものだと考えれば、孤独な生活は、極めて自然な晩年の過ごし方だと思えます。

問

入居できる高齢者福祉施設が少ない現状、子供に面倒を見てもらわずに夫婦もしくは単身となって生きるのが不安です。人生の終盤、人に迷惑をかけずに暮らすにはどうしたらよいでしょうか?

答

家族からの「独立」「自立」を

質問者の方がおっしゃるように、これからはもう「子供や孫たちに面倒を見てもらって」という時代ではないと思います。実際、現在の日本では、人口の高齢化とともに、高齢者の単身世帯が急激に増えています。

高齢者の単身世帯というと、どうしてもその先に孤独死をイメージしてしまうため、あまりいい印象はないかもしれません。けれど、私としては、高齢者の独り暮らしは悪くないと思うのです。

家族とはいえ、やはり自分以外の誰かと一緒に生活するのは、いろいろと気兼ねをするものです。たとえば、歳をとれば、どうしても朝起きるのが早くなる。人によっては午前3時頃に目を覚ます人もいます。ただ、起き上がってゴソゴソしていると、家族から「うるさい」「静かにして」と言われるため、6時ぐらいまでは布団の中でじっとして、みんなが起きるのを待っている。食事だって、子供や孫たちと、70代、80代の自分たちとでは、好みも違うし、お腹《なか》が空《す》く時間も違うはずです。

家族と一緒に住んでいることの心強さはあります。でも一方で、そこに不自由さもあるような気がします。ならば、安いアパートを借りて、一人で住んだ方が気楽ではないか。家族からの「独立」「自立」は、これからの高齢者の生活の重要なテーマです。

自立するには、まず「自分の面倒は自分で見る」という覚悟が必要です。食事も洗濯も掃除も自分でやる。家族とは普段から連絡をとれるようにしておいて、もし自分に思いがけない事故があったり、発作が起こって亡くなったりしたときは、すぐに家族に報《しら》せが行くようにしておく。また、いざというときに備えて、まわりに迷惑がかからない程度に、身辺を整えておくことも大切です。

完全な自立ができなければ、「家庭内自立」という生き方もあります。

東北地方のあるところでは昔、自宅の敷地内に主屋とは別に小さな離れの小屋を作り、連れ合いを亡くしたおじいちゃん、もしくはおばあちゃんを独りで住まわせる風習があったそうです。食事のときも別々で、作ったものをわざわざ離れの小屋まで運んでいく。最低限の世話だけはしながら、でも生活は完全に別々で独立をしている暮らし方です。

私の言う「家庭内自立」もそんなイメージです。

そうした自立生活は孤独で寂しい、と思う方もいるかもしれませんが、むしろ独りになることで誰に気兼ねすることなく、自由気ままに過ごすことができるのではないでしょうか。

それに人の一生が、独りで生まれ、独りで死ぬものだと考えれば、孤独な生活は極めて自然な晩年の過ごし方だと思えるのですが。

元気に下山

05

再学問《さいがくもん》のすすめ

新しいことを学ぶ中で、「自分はこれをやるために、これまで生きてきたんだ」と晩年期でも思えるかもしれない。

問

五木さんの「登山」と「下山」の話に共感を覚えました。ただ、若い頃にできなかった分、自分にはやりたいことがたくさんあります。還暦後も「登れなかった山」に登ろうとするのは誤りでしょうか？

答

再学問《さいがくもん》は大切。学ぶときは「面授《めんじゅ》」方式で

私はあちこちで「再学問《さいがくもん》のすすめ」という話を書いたり、しゃべったりしていますが、高齢になって新しいことを学んだり、目標に挑戦したりするのは、とてもいいことだと思います。

そうやって新しいことを学ぶ中で、もしかしたら「自分はこれをやるために、これまで生きてきたんだ」と思えるようなものに出合えるかもしれません。そうなれば、人生の晩年期をより充実したものにできるはずです。

再学問をするときは、一人本を読んで勉強するだけではなく、人から直接教えを受けることが大事でしょう。仏教では、重要な教えを師から弟子へと直接伝授することを「面授《めんじゅ》」と言います。老年期の再学問は、やはり面授がおすすめです。たとえば、定年退職をしてギターを習い始めるのであれば、教則本を読んで一人こつこつ練習するのではなく、ギター教室に通ったり、知り合いに上手な人がいればバンドを組んだりして直《じか》に教えてもらう。そうやって人と接しながら習っていくことが、再学問のコツでしょう。

私自身、49歳で休筆して、京都の龍谷大学で聴講生として仏教の勉強をしていたとき、あらためて強く思ったのが、人から教えられることの面白さです。

仏教に関する本はそれまでにもたくさん読んではいましたが、講義に出て、先生の話を聞いたり、板書されたものを見たりして、気になったことがあればメモをとっていく。疑問点があれば、その場で挙手して質問してみる。そうした教え／教えられるという直のやりとりが実に新鮮で、刺激的でした。

面授のいいところは、ただ知識や技術を習うだけではなく、教えてくれるその相手の考え方や人生にも触れ、深い影響を受けることができることにあります。

ギターの先達《せんだつ》でもある先生のそうした話を聞くことで、教えられる方もきっとギターの魅力をより広く、深く知ることができるだろうし、上達も早まるのではないでしょうか。もしその先生が「このミュージシャンに憧れて」なんて話をしてくれれば、「自分もそのミュージシャンの演奏を聴いてみたい」と次なる興味や目標も広がっていくはずです。

対面で教えられてきた思想

知識や思想、信仰というものは、昔から肉声で伝わってきました。すなわち、「語り／語られる」「教え／教えられる」という人対人による伝承です。文字はその代行、記録にすぎません。

大蔵経《だいぞうきょう》といわれる仏教の百万の経典を、ブッダは一行も書いてはいません。すべて「如是我聞《にょぜがもん》（自分はこのように聞いた）」という、弟子による聞き書きです。

初期の仏教では、ブッダが語った言葉を弟子たちが一生懸命に聞き、あるいは問答をする。そして、夜には弟子同士で「あの言葉はどういう意味だろう」などと議論や相談をしながら、教えをまとめていきます。しかも当時は、その教えを文字に残さず、弟子たちはすべて暗記していたのです。やがて数百年経《た》ったのちにその教えが文書として書き残されることになり、有名な『ダンマパダ』や『スッタニパータ』をはじめとした原始仏典が生まれました。

『論語』も、「子曰《いわ》く」ですから、「先生はこういうことをおっしゃった」という弟子たちの記録です。

『歎異抄《たんにしょう》』も、親鸞《しんらん》自身が書いたものではなく、弟子の唯円《ゆいえん》が親鸞の言行をまとめたものです。

もちろん、現代を生きる私たちは、ブッダや孔子、親鸞から直に教えを受けることはできません。ですから、彼らの教えが書物として残っていることはとてもありがたいことです。ただ、往々にして、本から学んだ知識や思想、信仰というものは、すぐに薄れてしまう。けれども、人対人という直接的な関係を通じて教わり、授けられたものは、不思議に教えられた人間の中にしっかりと根を張り、血肉となります。

80代半ばを過ぎたいまでも、私は人から直に教えてもらえる場を求めて、大学の先生が社会人向けにやっている課外講義などを勝手に聴きに行っています。

先日も「ロシア歌謡の研究」というテーマの講義があったので、面白そうだと思って行ってきました。私みたいな老人がいると先生も話しづらいだろうから、そうした課外講義に出るときは帽子とマスクは必需品です。受講生は、私以外に20名ほどいたでしょうか。映像を見たり、CDを聴かせてもらったりと、充実した時間を過ごすことができました。

こんなふうに人から直に教えを受けられるチャンスは、実は身のまわりに意外なほどたくさんあるのです。

ですから、再学問をするときには、できるだけ人から教えてもらえる場、面授してもらえる場に行って、教えを耳から聴き、目で見て、習得をしていってほしいと思います。

06 興味は尽きない

いまは時代の大転換点。
日本や世界がどうなるのか、
許されるかぎり
この目で見続けたい。

問

五木さんご自身が「長生きしてよかった」と思えることは何でしょうか？

答

世の中の趨勢《すうせい》を見続けられること

歳をとれば、いろいろ不自由なことも増えますし、病気もします。ですから、長生きしてよかったかと聞かれれば、「いいこともあるし、悪いこともある」としか答えようがありません。

よかったことを挙げるとすれば、多くの人と出会い、話ができることでしょうか。もともと私は人と話すことが好きで、昔から対談集、対話集を数多く出してきました。80代半ばを過ぎたいまでも、毎月二人ずつぐらい対談をしています。

私がこういう年齢になったからこそ、会って話をしたいと思ってくださる方もいらっしゃるでしょうから、歳を重ねるのも悪くはないなと思ったりします。

もうひとつ、いまも世の中の動きを見続けられることは、長生きをしたおかげだと言えるでしょうね。インタビューなどで「いまの趣味は何ですか？」と聞かれることが多いのですが、そんなとき私は、「世の中を見ること」と答えています。

たとえば、アメリカでトランプというとんでもない大統領が出てきた。意外に思うと同時に、「これからどうなるんだろう？」「面白そうだ」と思ってしまう。反知性主義がどこまで広まっていくのか。アメリカのリベラル派はどう対抗していくのか。興味は尽きません。

世界経済を見ても、かつては「ジャパン・アズ・ナンバーワン」と言われた時代がありましたが、いまの日本経済は低迷し、代わりに中国が台頭している。中国の勢いはこのまま続くのか。一方で、もうひとつの超大国であるアメリカは、どう中国と対峙《たいじ》していくのか。壮大な歴史ドラマを見るような気分で眺めています。

また、私はこれまで文章を書くことを生業《なりわい》としてきましたが、これから新聞社や出版社がどうなってしまうのかも気になるところです。昨今の出版不況の中、週刊誌はかなり苦しいようです。数年前、『週刊現代』で『青春の門』の連載を再開したとき、編集者に「何歳ぐらいをターゲットにしているんですか？」と尋ねてみました。私としては、昔に比べて読者層が上がっているとしても、せいぜい50歳ぐらいだろうと思っていました。しかし、編集者が言うには、60歳なんだとか。私の予想を遥《はる》かに超えていたことに驚きましたし、いまが60歳ならば10年、20年後はどうなってしまうのかと思いましたね。

長く生きていれば、いろいろなことを見聞きし、経験することができます。中には凄惨《せいさん》な出来事もあり、気持ちが沈むこともありますが、一方でかつては想像もできなかったようなことが次々と起こる。２０２０年には東京オリンピックもあり、オリンピックそのものもそうですが、オリンピック後の東京がどう変わっていくのか見てみたい、という気持ちをいまは持っています。

いまは時代の大転換点に差し掛かっています。これから先、日本や世界がどうなっていくのか、許されるかぎり、この目で見続けたいですね。楽しみです。

07

いかに下山するか

人生の前半期で
50年かけて山の頂をめざしていく。
後半生、残りの50年で
ゆっくりと下山をしていく。

問

自分はいま50代前半ですが、人生100年と考えると、やっと折り返しを過ぎたところです。後半生を見据え、いまからやっておくべきこと、準備しておくべきことを教えてください。

答

未曾有の時代に直面する「覚悟」

この数年、私は事あるごとに「いまは未曾有の時代だ」と書いたり、しゃべったりしてきました。未曾有とは「いまだかつてなかったこと」という意味です。

では、何が未曾有なのか。

ひとつは、質問者の方がおっしゃるように、「人生100年」ということがあります。

明治時代、日本人の平均寿命はだいたい43歳ぐらいでした。終戦直後でもやっと50歳を上回るぐらい。ところがその後、平均寿命は年々延び続け、2017年時点で男女ともに80歳を超えているらしい（男性は81・09歳、女性は87・26歳）。将来的には、寿命が100歳まで延びる日がもうすぐそこまで来ています。

もうひとつは「人口100億人」です。世界の人口は現在、75億人を超えています。日本をはじめとした先進国では減少傾向にあるものの、新興国で人口が爆発的に増えているためです。このままの勢いで増え続ければ、40年以内に100億人になるだろうと言われている。地球環境がその100億人という人口に耐えられるのか。まったく想像もつきません。

「人生100年」と「人口100億人」――人類はいま、この2つの未曾有の出来事に直面していると言っていいでしょう。

そんな経験はこれまでになく、誰も想定していなかったのではないでしょうか。まさに現代は人類史の大転換の時代だと言えます。

半世紀近く前、『地図のない旅』というエッセイ集を出しましたが、これから先、私たちはまさしく「地図も羅針盤もない旅」をしていかなければなりません。

そんないまだかつてなかった時代を生き抜くために、いまの自分たちにできることは何か。

正直に申し上げれば、私自身もまだわかっていません。というか、いくら考えたところで、答えは見つからないんじゃないかと思っています。人類史的な問題なわけですから、私たちの日常的な発想の範囲内では到底及びません。

われわれにできることがあるとすれば、まずは「覚悟」を決めることでしょうか。自分たちはいま、これまでの人類が経験したこともない時代に突入しようとしている。そうはっきりと腹をくくる。

人間はつい、自分にとって不快なこと、恐ろしいことから目を背けようとします。本当は薄々気づいているはずなのに、知らないふりをして日々を送る。それは進行しつつある事態を直視したり、不確実な未来を想像したりすることが、不安で苦痛だからです。

しかし、私たちはいつまでも目を閉じたり、目を背けたりしているわけにはいきません。事態はいまも確実に進行しています。とすれば、事実は事実として受け止めるしかない。その覚悟を持たなければ、何も始まりません。

覚悟を決めたら、次に従来の常識や考え方、身のまわりの様々なシステムをいったんご破算にする必要があるのではないか。

私たちがこれまで慣れ親しんできたありとあらゆるもの——文化や芸術、仕事、ライフスタイル、政治・経済のシステム、思想や哲学などは、人生50年時代の産物であり、必ずしも人生100年時代に通用するとはかぎりません。たぶんほとんどは役に立たなくなるでしょう。ですから、取捨選択をして、人生100年時代に無用なものは躊躇《ちゅうちょ》なく手放してしまう。

と同時に、人生100年時代にふさわしい新たな生き方をこれから模索していかなければならないのです。

下山するときの景色

私がずっと一貫して言い続けてきたことは、「いま、いかに下山するか」ということでした。人生50年だった時代は、50年間で人生の山を登り、そして下っていきました。幸運にも長生きができたとしたら、50歳以降はおまけの人生、つまり余生です。しかし、人生100年時代は違います。50歳をひとつのピークと考えて、まずは人生の前半期で50年かけて山の頂をめざしていく。そして後半生、残りの50年でゆっくりと下山をしていくのです。

下山というと、登山に比べて、少し寂《さび》しげな印象があるかもしれませんが、決してそうではありません。下山にこそ、自分の人生をより豊かなもの、より幸福なものにするための本質的な何かがある。私はずっとそう訴え続けてきました。

また、過去を振り返り、回想することは、むしろ下山の醍醐味《だいごみ》だと思います。登るときには、脇目もふらず、後ろも振り返らず、必死に上へ、上へと登っていきます。まわりを眺める余裕なんてなかったはず。だからこそ、山を下りるときは、自分の歩んできた道や下界の景色、自分が立った頂上などをのんびりと眺めながら下っていく。そうすることで登りでは気づかなかったこと、見えなかったものが見え、それが人生を豊かなものにしてくれるのではないでしょうか。

元気に下山

08

他力《たりき》のエネルギー

「他力《たりき》は、自力《じりき》の母親」。「やるぞ」という意欲や力を与えてくれるのが、他力なのです。

問

『青春の門』の完結編を拝読しました。80歳を過ぎて新たな小説を執筆された意欲、挑戦する力は、どこから湧いてくるのですか。老年期に活力を維持する秘訣《ひけつ》があれば、教えてください。

答

「他力《たりき》」こそ、すべての活力の源

質問者の方は、私がこの歳になって新作の執筆ができたのは、私自身の中にエネルギーや強い意欲があったからだと思っておられるようですが、その見方は少し違います。たしかに「書いてみたい」という意欲はありました。でも、私がいくら書きたいと熱望したところで、書かせてくれる媒体や出版社がなければ、小説は書けません。

もし出版社の側に「いまさら『青春の門』なんて」「そんな昔の話、いまの読者には読まれない」という考えがあったならば、きっと書く場は与えられなかったでしょう。特に昨今は出版不況で、ただでさえ雑誌や書籍は厳しい時代ですから、ベテラン作家という肩書だけでは絶対に書かせてもらえません。

では、なぜ出版社が執筆依頼をしてくれたのかと言えば、私が書いたものを読んでくれるであろう読者が、まだどれだけかはいると判断したからだと思います。ですから私は読者のおかげで書けた、とも言えるのです。私自身の「書いてみたい」という意欲にしても、私の中から内発的に湧き出てきたというよりも、執筆依頼をしてくれる編集者や、続編を待ってくれている読者がいるからという、外発的な働きかけによる面も少なからずある。

実際、講演などで地方に行くと、私と同世代、もしくは60代、70代の方から「若い頃に読んでいた」「『青春の門』の影響で上京し大学を受けた」とおっしゃっていただいたり、「続きはどうなるのか?」と質問してくる方も少なくありません。そうした読者の思いに直に触れると、「みなさんの期待に何としても応えなければ」という気力が自然と湧いてくるのです。

さらに言えば、小説を書くには体力も必要です。自分自身に意欲やアイデアがあり、執筆依頼をしてくれる出版社や続編を待ち望む読者がいたとしても、連載をきっちりとこなすエネルギーが自分の体に残っていなかったら、書くことはできません。

こうしたいくつもの要素が奇跡的にかみ合ったおかげで、私は書き続けているのです。決して自分一人の意欲や力だけではないのです。「書いた」というより、「書かせてもらった」という言い方の方がしっくりくる。本当に幸運に恵まれたなと思います。

私は以前から、様々なところで「他力《たりき》」ということを書いてきましたし、本のタイトルにもなっていますが、これまでの仕事に関しても他力によるものだと本気で考えているのです。

他力というと、いまでも「他人任せ」「他人頼り」というイメージで誤解している方もいますが、本来の意味は違います。「やるぞ」という意欲や力を与えてくれるのが、他力なのです。

元気に下山

09

この瞬間を生きる

人生100年を生きるのか。
それとも明日、死んでしまうのか。
私たちにできることは、目の前の
一日一日を大事に生きることだけ。

問

私の周囲では70歳前後で亡くなる方が大勢いらっしゃいます。私自身、もうすぐ還暦ですが、60歳まで生きられただけでもありがたい気持ちです。人生100年時代なんて、本当に訪れるのでしょうか?

答

人は天寿には抗《あらが》えない

質問者の方がおっしゃる通り、人生100年時代と言っても、誰もが100歳まで生きられるわけではありません。

右肩上がりを続ける平均寿命が示すように、長生きする人は昔よりも確実に増えています。医療技術が進歩して、以前は治療が難しかった病気や怪我《けが》も治すことができるようになりました。

けれども、若くして亡くなる人がいなくなったかと言えば、そんなことはもちろんなく、いまも病気などで苦しんでいる人は大勢います。ずっと元気だったのに、40代や50代で突然亡くなる方もいます。

それはやはり、人間には定められた天命、天寿というべきものがあるからだと思います。

どれだけ健康法にこだわろうが、あるいは神や仏に祈ろうが、人は与えられた天寿に抗うことはできません。20歳で亡くなった人は20歳が天寿であり、100歳まで生きた人は100歳が天寿である。私はずっとそう考えてきました。

その人の一生を決める天寿ですが、人は生きている間に天寿を知ることはできません。

人の生死ほどわかりがたいものはありません。私自身、戦後は長らく貧しい生活を送り、いつも体に不具合を抱えていたので、「30歳か40歳前に自分はこの世を去るかもしれない」とひそかに考えていました。ところが、80代半ばを過ぎたいまもなお生き続けて仕事をしています。

さらに十数年、この命が続き、現実に人生100年を生きることになるのか。

それとも明日、突然、死んでしまうのか。どんなに思いを凝らして、自分の天寿を知りたいと考えても、それは決してできないのです。自分の天寿を知ることができないとすれば、私たちにできることは、目の前にある一日一日を大事に生きることだけでしょう。

明日死ぬかもしれないし、あと何十年も生き続けるかもしれない。もしかしたら、残された命はあと数時間かもしれない。答えは誰にもわかりません。ならば、とりあえず今日一日を、いまというこの瞬間を大切に生きよう、と考える。

幸せな人生とはきっと、その人に与えられた生、すなわち天寿を十二分にまっとうすることだと思います。もし天寿が50年であれば、与えられた50年を精一杯に生きる。大きな病気をしたのであれば、それもまた運命と受け入れ、最期の瞬間まで自分の意志で生き切る。

その意味で、先日亡くなられた女優の樹木希林さんの生き方は見事でした。全身にがんが転移しながらも、女優の仕事を続けられ、最期は自宅で死んでいく。まさに与えられた天寿をまっとうした人生であり、心から羨《うらや》ましく思います。

元気に下山 10 人生の覚悟

「諦《あきら》める」とは、
「明らかに究《きわ》める」こと。
目をそらさず、勇気を持って
現実を直視すること。

問

歳を重ねて、煩悩や欲をなくしていきたいと思う一方で、「これがしたい」「あれが欲しい」と欲が強い人の方が元気に生きているようにも感じます。いつまでも欲や煩悩はあった方がいいのでしょうか?

答

人の本質は変わらない

欲というのは、あった方がいいと言われたから持てるものでもないし、なくした方がいいと言われて、すぐになくせるものでもありません。世の中には、「あしたい、こうしたい」という欲求がもともと希薄な人もいるし、歳を重ねても欲望を抑えきれない人もいる。その人その人の生まれ持った気質といいますか、性質は、自分で努力をしたり、人から何か言われたからといって、そう簡単には変わらないというのが私の考えです。

ですから、回答になっていないと重々承知の上で、このご質問に答えるとすれば、「なるようにしかならないんじゃないか」ということです。

もし煩悩や欲をなくしたいと思うのであれば、お寺で座禅を組んだりして、自分なりに努力をすればいい。それはその人の勝手です。その結果、欲が鎮《しず》まり、心が穏やかになったとすれば、その人にそういう気質が備わっていたということだと思います。逆にどれだけ努力を重ねても自分が変わらなければ、欲深い自分を受け入れて、生きていくしかない。

私は39歳のときにたばこをやめたのですが、それは健康に悪いからと自らの強い意志でもってやめたわけではなく、気胸《ききょう》という呼吸が苦しくなる病気になったからです。地下鉄にも乗れないような不便な状態となり、息苦しいのを我慢するか、たばこをやめるかという二者択一を迫られて、仕方なくたばこを諦めました。

39歳でやめて以来、一本も吸ってはいないのですが、それでも人と会って話をするときなんかに、無意識のうちについポケットをまさぐり、たばこを探していることがある。

そんな自分に気づくと、「人の習慣や欲求は変わらないもんだな」とつくづく思い知らされるわけです。

人の一生は、本人の思いや努力とは関わりなく、なるようにしかなりません。それは「自分を諦《あきら》める」ということでもあります。一般に「諦める」とは、マイナス思考のように受け取られがちです。しかし、「諦める」の本来の意味は、「明らかに究《きわ》める」こと。すなわち、目をそらさずに、勇気を持って現実を直視することです。覚悟する、と言ってもいいでしょう。

「諦めろと言われても、諦めきれない」「自分の努力で、自分を変えていけるはずだ」と言う人もいるかもしれませんが、そう考えて、行動できること自体、その人に努力家の資質が備わっているということです。逆に、自己を啓発する本を読んで「自分も頑張ろう」「自分もやれる」と思っても、いつも三日坊主で終わってしまう人は、やはり努力ができないタイプの人なのです。

ですから、欲があった方がよいとか、悪いとか考えるよりも、いまの自分を受け入れる。そのことの方が大切だと思います。

元気に下山

11 後ろ向きでもいい

後ろ向きな生き方だって、歳を重ねた人にとっては豊かさや元気の源になる。

問

50代以上でも、仕事一辺倒だった男性よりも女性の方が趣味や独自のコミュニティを持って、生き生きと人生を謳歌している人が多い気がします。高齢男性が充実した老後を過ごすにはどうすればいいのでしょう?

答

無理して前向きに生きる必要はない

この質問者の方がおっしゃっているような男女の違いは、たぶんこの方のまわりがそうなのか、もしくはそう見えるだけであって、必ずしも高齢者全般に当てはまることではないと思います。

世の中には、老後の人生を謳歌《おうか》している女性もいれば、そうではない人もいる。同じように男性も、没趣味で知人の少ない人もいれば、多趣味で付き合いの広い人もいます。生き方は人それぞれで異なり、性別でその傾向を判断するのはなかなか難しいのではないでしょうか。

この質問を読んでいて、ひとつ感じたのは、きっとこの方は「充実した老後を過ごすには、積極的に何かをしなければいけない」という強迫観念にとらわれているのではないか、ということです。

その手の言説をメディアなどで目にすることが多いのは事実です。歳をとっても生き生きと元気に過ごすため、あるいは認知症を防ぐために、老後には何か趣味を持ったり、積極的に人とコミュニケーションをとらなければならない、というのがその典型でしょうか。

でも、現実問題として、それまで趣味らしい趣味も持たず、進んで人付き合いもしてこなかった人が、60代、70代になっていきなり始めようとしても、それはなかなか難しいものです。得手不得手もありますし、好き嫌いもあるでしょう。大勢の人がいる場に行くことが好きでもないのに、無理やり身をおくことは、苦痛以外の何ものでもありません。

いまの時代、高齢者の楽しみになるようなことは、それこそ山のようにあります。全国有料老人ホーム協会が募集しているシルバー川柳に毎回欠かさず応募している人もいます。小説の新人賞の選考会でも、膨大な数の応募作品の中で、高齢の方が書いたというものも目立ちます。戦前の話とか、軍隊にいたときの話とか、自分の過去を振り返って書かれる方が多いですね。

けれど、何度かやってみた上で、「どうも楽しめない」「やっぱり面倒だ」となれば、あらためてほかのことを試してみるか、もしくは無理して何かをしようとはせずに、ぼーっと昔を振り返ったり、懐かしんだりしていればいいのではないでしょうか。

「そんな生き方は前向きじゃない」と叱られるかもしれませんが、私はそもそも老年期には前向きである必要はまったくないと考えています。

前向きではなく、後ろ向き。「昔はよかった」「若い頃はこうだった」と、それまでの人生を振り返りながら進んでいく。私は「後進《こうしん》」あるいは「背進《はいしん》」という言葉で呼んでいますが、そうした後ろ向きな生き方だって、歳を重ねた人にとっては豊かさや元気の源になると思うのです。

元気に下山

12 市井《しせい》の人

人は歳をとると
名誉や権力、勲章が欲しくなる。
そうしたものからは離れて、
市井《しせい》の人として生きたい。

問

五木さんの目から見て、「恰好《かっこう》よく歳を重ねているな」と思う方はいらっしゃいますか。また、老年期における「恰好よさ」とは、どういうことだとお考えですか。

答

市井《しせい》に埋没する「入鄽垂手《にってんすいしゅ》」という生き方

私の好きな言葉のひとつに「入鄽垂手《にってんすいしゅ》」という文句があります。これは「十牛図《じゅうぎゅうず》」という、禅の世界で悟りに至るための過程を10枚の絵と詩で表したものの中に出てくる言葉です。

十牛図は、道を求める場面から始まり、修行を通じて悟りを開いていくのですが、最後は明鏡止水《めいきょうしすい》の境地に至り世俗を離れて山の中でじっと思索をする、という終わり方ではない。なんと、ふたたび世俗の世界へと戻っていくのです。

悟りを開いた者は、独り思索に耽《ふけ》るのではなく、市井《しせい》の雑踏へと舞い戻り、人びとと触れ合い、教えを授けていく。それが禅の最高の境地であり、その境地を示した言葉が「入鄽垂手」なのです。ちなみに、「鄽《てん》」とは人びとが暮らす町で、「入鄽《にってん》」は世俗の町に入ること。「垂手《すいしゅ》」は手を垂れることなので、自然体で生きていくことを意味します。

私は常々、この入鄽垂手のような生き方ができればと願ってきましたし、この質問に対するヒントにもなるのではないかと思うのです。

すでにお亡くなりになっていますが、臨済宗の僧侶で松原泰道《まつばらたいどう》という方がいらっしゃいました。松原さんは101歳で死去されましたが、死の直前まで様々な方と仏教についての対話や説法をされていました。私も松原さんが100歳のときに対談をし、講演をご一緒させていただきましたし、亡くなる数日前には喫茶店で若い学生たちに仏教の話を熱心にされていたと聞いています。

その姿は入鄽垂手そのものですね。最晩年のブッダをも彷彿《ほうふつ》とさせます。ブッダも死の直前に旅に出て、各地を歩き回りながら弟子や民衆との対話や説法を繰り返し、クシナガラの雑木林で行き倒れて世を去りました。

現代に生きる「入鄽垂手」のかたち

入鄽垂手は別に仏教の世界にかぎったことではありません。

たとえば、哲学者の久野収《くのおさむ》さん。学生運動の時代は反体制の学者で、喫茶店で学生と話をしだすと、時間を忘れて延々と話をし続ける方でした。

また、林達夫《はやしたつお》さんは、戦後に平凡社で『世界大百科事典』などを編集され、大学者として知られていましたが、やはりよくしゃべられる方でした。私は、林さんの晩年期にお付き合いをさせていただきましたが、ときどき出版社の編集室から夜中に電話がかかってきて、呼ばれて行くとそこで夜を徹してずっと話し続けたものでした。

また、音楽の世界では、宅孝二《たくこうじ》さんを思い出します。

この方は異色の作曲家・ピアニストで、若い頃にフランスでピアノを学び、戦後には東京藝術大学のピアノ科の主任教授まで務めたのですが、一方でジャズピアノに傾倒し、夜は町場のキャバレーでサロンピアニストとして弾いたりもしたそうです。昼は藝大というもっとも権威主義的な世界でクラシックピアノを教え、夜は一介のミュージシャンとして演奏する。本人によれば、それはジャズの勉強の一環とのことでしたが、まさに市井の人と言いますか、町場の人びとのために音楽を奏でてくれた人でした。

陶芸家の加藤唐九郎《かとうとうくろう》さんも恰好いい方でした。

彼は、鎌倉時代の古瀬戸の贋作《がんさく》を作ったことでスキャンダルとなり、重要無形文化財の資格を失うなどの処分を受けました。

いわゆる「永仁《えいにん》の壺《つぼ》事件」です。

しかし、加藤さんがわざわざ古瀬戸の贋作を作ったのは、古陶偏重の当時の陶芸界に対して、「そんなに古いものが大事なのか」「だったら、俺が古陶と見紛うような名品を作ってやるよ」というアンチテーゼを提示するひそかな狙いがあったそうです。

事件後、処分を受けたとしても、加藤さんが超一流の陶芸家であることに変わりはなく、88歳で亡くなるまで数多くの名品を作り続けました。ただ、永仁の壺事件でもわかるように、彼には強い反骨精神があったのでしょう。現代陶芸の第一人者という高みに止《とど》まることをよしとせず、晩年になって雑誌『プレイボーイ』の変わったTシャツを着て公《おおやけ》に登場したりと、陶芸界の枠を飛び越えて多くの人たちへの発信を続けていた方です。

市井の人こそ素敵

右に紹介した文化人たちに共通するのは、それぞれの世界で堂々と横綱を張れるような人でありながら、人生の晩年期に世俗の雑踏の中へとあえて埋没し、普通の勤め人や若者たちとも自然体で付き合っていたことです。

人は歳をとると、どうしたって名誉とか権力とか、勲章が欲しくなるものです。しかし、そうしたものからは離れて、市井に生きる。決して偉ぶることなく、風のように飄々《ひょうひょう》と、呼吸をするように人びとに語りかけ、それまで培ってきた知識や経験、自分の考えや想いを広く伝えていく。

そんな生き方が、私は素敵だなと思います。

第2章

人生後半の問題

元気に下山

13 病床六尺《びょうしょうろくしゃく》の世界

自宅の病床六尺《びょうしょうろくしゃく》の世界でも
驚きや発見に満ちた旅が
できるのではないでしょうか。

問

定年後は国内外の旅行をしたかったのですが、大病して体力が戻らず、日がな旅行番組を見る毎日です。五木先生はいまも全国を飛び回っていますが、長時間の移動は大変では？　何か工夫していることはありますか？

答

左脚の痛みもあり、歩くのは大変

私はいま、変形性股関節症を患っていて、左脚に痛みを抱えています。階段の昇り降りはつらいし、荷物を抱えて移動するのが実に大変なのですが、安静にしているだけではどんどん衰えていくだけなので、仕方なしに我慢して全国あちこちを回っているのが現状です。

脚がそんな状態ですと、ふとしたはずみで転倒するおそれもあります。私のような80歳を過ぎた高齢者にとっては、1回のちょっとした転倒が入院や寝たきりのきっかけにもなりかねません。ですので、歩き方には細心の注意を払って、そろりそろりと歩を進めるような感じになっています。

脚の痛みを自分で軽減するには、3つの方法があると一般に言われている。「体重を減らす」「大腿四頭筋《だいたいしとうきん》を強化する」「歩き方を正しく矯正する」などです。

体重については、1キロ減るごとに、脚にかかる負担が4キロ少なくなるそうです。ただ、私はもともと体重が平均水準よりも少なくて、これ以上減らすと体力もがくんと落ちてしまうので、体重は落とせない。大腿四頭筋の強化もいろいろと方法はありますが、どれもなかなか長続きしません。

そこで私が、以前よく試していたのが、歩き方を変えることです。これがなかなか面白い。右手と右足、左手と左足をそれぞれ同時に前に出すナンバ歩きをやってみたり、能役者のような足の運びをやってみたり。あるいは、つま先を開いて少しがに股気味に歩いたり、逆にちょっと内股になってみたり。毎日少しずつ歩き方を工夫してみて、「この歩き方は足に負担がかからないな」「この歩き方だとかえって疲れるな」などとあれこれ試行錯誤を楽しんできました。

それでも、高齢者にとって楽々歩くというのは厳しいものがあります。15年ほど前、『百寺巡礼』の取材をしていた頃は、女人高野の別名がある室生寺《むろうじ》（奈良県）の７００段以上ある石段を、平気で3往復していました。ところがいまは、10段の石段を昇るのもきつい。寄る年波にはやはり勝てませんね。

ところでこの質問者の方は、問いの文面を読ませていただくかぎりでは、旅行番組を見て過ごすだけの毎日を嘆いておられるような印象を受けます。たしかに、病気をされたことで、国内外を旅行するという定年後のプランが実現できなくなってしまったのは残念なことです。

ただ、世界中を巡って、珍しいものを見聞きするのも旅ですが、自宅の病床《びょうしょう》六尺《ろくしゃく》の世界でも驚きや発見に満ちた旅ができるのではないでしょうか。

たとえば、私はいま、座った状態から立つときに、何かに寄りかかって体を支えなければなりません。それを「支えなしで立てるかどうか」と考えて実行に移すとき、その行為は私にとってひとつの冒険、挑戦であり、スリルとサスペンスを味わうことができます。冒険は左右にあり、です。

元気に下山

14

趣味は自分の弱み

自分の弱みをあえて趣味にする。
つらいことや苦しいことを
やわらげて克服する方法を
楽しみながら追究していく。

問

歳をとると以前はできていたことが、ひとつ、またひとつとできなくなります。そんなときに自分の老いを強く感じ、寂しい気持ちになります。五木さんもそういった思いをされたことはありますか？

答

歩き方の探究から転倒と誤嚥《ごえん》の予防まで

私の場合、それは63歳で車の運転をやめたときですね。車はずっと好きでしたから、人生の愉しみの半分以上を失ってしまったかのような寂寥《せきりょう》感《かん》がしばらく続きました。

ただ、何かひとつできなくなったからといって、落ち込む必要はないと思います。代わりになるものはいくらでもありますから。

63歳で車の運転を諦めた私は、「歩くこと」にシフトチェンジして、歩行の研究をしたり、自分の歩き方をあれこれ工夫するようになりました。

われわれは日頃、西洋式の体をひねる歩き方をしていますが、お寺の石段などを昇るときにはナンバ歩きの方が楽なんじゃないかと試してみたりもしました。また、足裏で地面を蹴って前に進むとき、荷重を親指側にかけた方がいいのか、それとも小指側にかけた方がいいのか、とまるで実験でもするかのような気分で検証したこともあります。ちょっとしたことでも歩き方を意識して変えてみると、いろいろと気づくことがあり、体からの反応も違いました。

自分の歩き方の参考にするため、昔の日本人の歩き方について調べたりもしました。そうするとやはり新たな発見や驚きがありました。

たとえば、中世の頃、日本人はほとんど走ることをしなかったそうです。たしかに当時の絵を見ると、火事など普通であれば必死になって走る場面でも、のろのろと歩いているような姿で描かれています。走ることは一種の特殊技能で、飛脚のような専門職以外は、侍も一般民衆もほとんど走らなかったらしい。

ヨーロッパの軍隊の行進は、膝を伸ばしたまま足を上げてスッスッと歩いていきます。かたや、かつての日本の軍隊は、膝を真上に上げて、真下に踏み下ろすような歩き方をしていました。それは水田耕作をやる人間の歩き方です。

一度でも田んぼに入った経験のある方であればわかると思いますが、田んぼでは足が泥にずぶずぶと沈みますから、膝を伸ばしたままではまともに進めません。必ずいったん足を真上に抜き、抜いた状態で足を前方に運んでから、また真下に踏み下ろす。日本人は、水田耕作が伝わった弥生時代から何千年もの間、そんな歩き方をずっとしてきました。その名残が、日本軍の行進となったわけです。

最近の愉しみは、転倒と誤嚥《ごえん》の予防です。どちらも高齢者にとっては大きな問題ですが、私の場合、あまり深刻になりすぎず、「人はどんなときに転ぶのだろう」「どうして食べ物が気管に入ってしまうのだろう」と自分なりの仮説を考えては、あれやこれやと試しています。趣味みたいなものです。

ですから、自分の弱みをあえて趣味にするといいますか、つらいことや苦しいことをやわらげて克服する方法を楽しみながら追究していく。それは老年期の生き方としては悪くないのではないでしょうか。

元気に下山

15

存在の内の暗愁

なぜ自分は生きているのか。
ほかの生命を奪ってまで
自分に生きる価値はあるのか。
不条理を見つめて生きていく。

問

うつ病に代表される心の病を患う人が年々増えています。なぜ人はうつになるのでしょうか。心の病について、五木さんのお考えをお聞かせください。

答

「暗愁」とともに生きる

気持ちが沈む。何もやる気が起きない。人に会いたくない。

人間には、誰しもときに「心が萎《な》える」瞬間があります。いまの時代、それを一緒くたにして、心の病にしてしまう。そんな風潮はあまりよくないと思います。

周囲の状況や経済的な理由、年齢、体調、人間関係など、私たちの気持ちは様々な要因によって変化します。天気に、快晴の日もあれば、曇りの日や雨や雪の日があるのと同じことです。1週間、いや数カ月にわたってうつうつとした気持ちが続いたからといって、それを心の病と判断するのは早計でしょう。気が滅入《めい》るというか、そうした何とも言えない沈んだ気持ちを表現する言葉として、「暗愁」があります。

暗愁の「暗」という字は、一般的な「暗い」という意味ではなく、「なぜそういう気持ちになるのかわからない」「直接の原因がはっきりしない」ということです。「愁」は「うれい」と読み、何となく心が晴れず、もの寂しい気持ちを指します。同じ「うれい」でも「憂」は国を憂えるなど何か対象があっての心のわだかまりですが、「愁」は自分自身の問題です。

そうした気持ちは別に日本人特有のものではなく、暗愁と似たような感情を表す言葉として、ポルトガル語には「サウダーデ」、ロシア語には「トスカ」、韓国語には「恨（ハン）」があります。アメリカの黒人音楽である「ブルース」も同じようなニュアンスかもしれない。

ドストエフスキーはロシア人の魂の底にはみんなトスカが潜んでいるのだと言いました。トスカを辞書で引くと、「心を押しつけるような暗い物思い」「憂愁」

などと訳されています。マクシム・ゴーリキーの中篇小説に『トスカ』という作品があり、明治の作家、二葉亭四迷はそれを『ふさぎの虫』という題名で翻訳しました。

生きることの悪

では、この暗愁は、いったいどこからやってくるのか。

どこからやってくるのかわからないから暗愁なのですが、小説家の想像力を巡らせながら考えてみたことがあります。結果、私が思い至ったのは、根底には人間が生きることへの不条理感があるのではないかということです。

金子みすゞは「お魚」という詩の中でこう詠んでいます。

「海の魚はかわいそう。（中略）けれども海のお魚は／なんにも世話にならない し／いたずら一つしないのに／こうしてわたしに食べられる。」

一方で、江戸時代の歌人・橘曙覧《たちばなあけみ》は、こんな歌を詠んでいます。

「たのしみは／まれに魚烹《に》て児等《こら》皆が／うましうましといひて食ふ時」

かたや「魚がかわいそう」と言い、かたや「魚を嬉《うれ》しそうに食べている子供の姿を見るのは楽しい」と言う。どちらが正しく、どちらが間違っているというわけではない。われわれ人間は、こうした相矛盾する感情のあいだを揺れ動きながら生きているのです。

また、われわれの生は、ほかの何者かを犠牲にした上に成り立っています。生きるためには、ほかの生命を殺し、食べなければなりません。仮に「それはひどいことだ」「ほかの生命を奪いたくない」と考えたとしても、でも「自分も死にたくない」「家族を飢えさせたくない」と思ってしまう。

生きたいならば、殺さなければならない。それが存在悪であり、親鸞はそうした悪を抱え、悲しみ、苦しんでいる人を「悪人」と呼びました。

若く元気なうちは、自分たちの生命が多くの犠牲の上に成り立っているなんてことは実感としてなかなかわからないでしょうし、そもそもそんなことは考えず、人生を謳歌すればいい。

けれど、人生の後半期に入ると、ふとしたときにそうした生きることの悪を感じてしまうものです。なぜ自分は生きているのか。ほかの生命を奪ってまで自分に生きる価値はあるのか。そして、人間が存在していることの根源的な不条理を心が感じとったとき、どこからともなく暗愁がやってくる。

けれども、それは極めて人間的な感覚なのです。暗愁を感じることは決してマイナスなことではなく、むしろ人間として自然なこと。さらに言えば、私たちに人生の真実の姿、本当のあり方、その不条理をそのまま丸ごと感じさせてくれる大事なシグナルなのではないかと思うのです。

ですから、暗愁がうつうつとした気分とともにやってきたときには、何とか追い払おう、消し去ろうとするのではなく、しっかりと受け止めて、向き合うこと。人は自らの存在の内に暗愁を抱えて生きているのだと肯定し、その背後にある生きることの不条理を見つめる。

そうやって生きていくことこそが、人生の後半期においては大切になるのではないでしょうか。

16 高齢者が作る文化

高齢の人が楽しめる
新しいカルチャーを。
その担い手も、
50歳以上の同世代で
いいかもしれない。

問

60歳を過ぎ、物忘れがひどくなってきました。この先、物忘れが認知症に発展しないよう、脳トレのようなことをやる方がいいのでしょうか？　そもそも脳トレに効果はあるのでしょうか？

答

「脳トレ」よりも「情トレ」

私も最近、人と話をしているとき、固有名詞がすぐに出てこなくて戸惑うことがあります。

物忘れは、歳をとれば、大なり小なり起こってくることです。ですから、いたずらに嘆く必要はないし、そもそも私は物忘れをすることはそんなに悪いことだとは思っていません。固有名詞が出てこないのは、新しい語彙《ごい》がどんどん頭の中に入ってきているからだと考えています。

もちろん医学的には、脳神経の末端の梗塞《こうそく》が進んでいるため、ということになるでしょう。しかし、そうは考えず、新しい情報がどんどん入ってきて、脳の中をさらさらと川の水のように流れているイメージを持つようにする。それは「淀《よど》まない」「変化していく」ということでもあります。

脳トレは、脳の老化を防ぐためのトレーニングと言われていますが、実際どれほどの効果があるのかは、私にはわかりません。

ただ、高齢者にとっては、脳トレよりも「情トレ」の方が大切なのではないか、とは思っています。

情トレとは、私の造語で、「感情トレーニング」という意味です。思いっきり笑ったり、泣いたりして感情を揺り動かすことが、柔軟な心を作り出し、ひいては豊かな人生を送ることにつながるのではないか。

そのためには、小説を読んだり、映画やお芝居を見に行ったりすることが、やはりいちばんだと思います。物語には、人の心を動かす「情緒」や「情感」があふれているからです。

私自身、昔は知識や教養を得るため、あるいは純粋な娯楽として本を読んでいたのですが、最近は情トレ、すなわち心の養生の一環として読むことが多い。ただ、人生100年時代ということを考えると、いまの社会には80歳や90歳、さらには100歳の方が心から共感し、楽しめる作品がまだまだ少ないとも思っています。

これまで人類は、文学、映画、音楽、絵画など、ありとあらゆるカルチャーを生み出してきましたが、それらのほとんどはおおむね人生50年を想定して作られてきました。世の中を見渡せば、若者向けの青春小説や青春映画、マンガやアニメなどはあふれるほどにあります。

しかし、これからは高齢の人が楽しめる新しいカルチャーをもっとたくさん作り出していかなければなりません。その担い手も、50歳以上の同世代の方でいいかもしれない。そうすることで、高齢者の方々が情トレをする機会が増えて、認知症防止などにもつながるでしょうし、後半生をより豊かで実りあるものにできると思うのです。

「命までとられるわけではない」
という言葉は、
ストレスを受け入れ、かわすための
マジックワードなのです。

問

ストレスは、がんをはじめ、様々な病気の原因になると言われています。五木さんのストレス解消法を教えてください。

答

命まではとられない、と自分に言い聞かせる

生きるということは、ストレスの連続です。

仕事をして社会と関わっていれば、社内外の人間関係、業務のノルマ、業績の好不調などが重くのしかかり、ストレスの原因になります。また、暑さ寒さの気候の変化も、ストレスとなって自律神経のバランスを乱し、体を悪化させます。

成功や幸せを求めることは決して悪いことではないのですが、強迫観念にとらわれたように、それに執着しすぎるのもストレスにつながります。

いまの人たちは特に、その傾向が強いと思います。本来、成功や幸福の基準は一人ひとり違うはずなのに、メディアを通じて入ってくる情報に惑わされ、期待値が異常なほどに高まってしまう。経済的に豊かになること、社会的な評価を得ること、幸せな家庭を築くこと、安らかな老後を送ること。どれをとってもそう簡単には実現できないものばかりですが、「自分はそうありたい」「それができないことは不幸であり、失敗の人生」と思い込み、それらを求め続けてしまう。

生きている以上、多少のストレスは仕方がない。ただ、それが過度になって、健康を害してしまったり、心のバランスを崩してしまうのは大問題です。

大きな仕事の締め切り前などは、私でもやはり心身にかかるストレスが強くなるのを感じます。そんなときは、いつもある言葉を自分自身に言い聞かせてきました。

それは「命までとられるわけではない」という言葉です。この言葉を心に抱けば、不思議なことに、こわばっていた気持ちがやわらいで、少しリラックスした気分になれます。筋肉の緊張がほぐれて、肩や首のこりが軽くなるような気もします。

私にとって、「命までとられるわけではない」という言葉は、ストレスを受け入れ、かわすためのマジックワードなのです。

戦後初の女性代議士の一人で、のちに園田直《そのだすなお》外務大臣の妻として活躍する、園田（松谷）天光光《てんこうこう》さんの妹に、松谷天星丸《まつたにてんほしまる》さんという方がいます。天星丸さんは医師で、お姉さんの天光光さんの晩年にはともに暮らし、その最期を看取《みと》りました。天星丸さんは、自分の体調が悪いときや怪我をしたとき、強いストレスを感じたときは、「さだめじゃ」と自分に言い聞かせたそうです。そうすると、気持ちのざわつきが収まり、平常心に戻ることができたと言います。

また、人生への期待値が高すぎるゆえに心身に過度なストレスを与えないよう、成功や幸せの期待値を自分で下げておくことも有効だと思います。高望みはせずに、ほどほどで満足する。人から何かをしてもらったら、自分の望みと違ったとしても、どんな些細なことでも「ありがたい」と感謝する。

そうやって、ちょっとした一言を自分に言い聞かせたり、心持ちをほんの少し変えることだけでも、かなりストレス解消になるのではないでしょうか。

18

運転免許

運転をやめるのは
本当につらかった。
大げさではなく、男をやめる
ぐらいの覚悟がありました。

問

先日、運転免許証の更新で高齢者講習を受けました。最近は高齢者による自動車事故の話をよく見聞きします。中には人を巻き込むようなケースも。高齢者は何歳までに自動車免許を返納すべきでしょうか？

答

視力などに衰えを感じたら、運転はやめる

私が車の運転をやめたのは63歳のときです。

きっかけは、新幹線に乗っているとき、通過駅の駅名の看板が読めなくなったことです。60歳までは、新幹線が時速200キロで走っていても、通過する駅名がピタッと止まって読めました。ところが、60歳を過ぎた頃から文字がサーッと流れて読めなくなった。それで自分の動体視力が落ちているんだと痛感させられたのです。

また、自宅のある横浜と都内の仕事場を高速道路に乗って行き来するとき、羽田の入口にさしかかるあたりに、私のお気に入りのカーブがありました。そのカーブをスピードを出して走り抜けることが、私にとってひとつの楽しみだったわけですが、やはり60歳過ぎから自分がイメージしたラインをトレースできず、少しずつずれていくのを感じるようになりました。

加えて、50歳、60歳ぐらいになると、上瞼《うわまぶた》が徐々に下がってきます。そのため視界が狭くなり、顔を上げないと目前の信号を確認できづらくなってきました。そうした自分の老化現象を否応《いやおう》なく突きつけられ、このまま運転を続ければいつかは大きな事故を起こしかねないなと腹をくくって、63歳で自動車の運転はやめることにしたのです。

運転をやめる決断をするのは、本当につらかったですね。私は自分で五木レーシングチームというチームを作ってマカオグランプリのワンメークレースに出場するなど、車に関しては相当に熱を入れてやっていました。運転をやめるのは、大げさではなく、男をやめるぐらいの覚悟がありました。乗らなくなってからも、車のボンネットを開けてエンジンをいじってみたり、しばらくは未練たらたらでしたね。

ですので、何歳までにというよりも、動体視力や運転感覚、反射神経などの衰えを感じ始めたら運転はしない方がいいというのが、この質問への答えになります。ただ、それができるのは、都会暮らしをしている人間に限られるかな、という思いも一方ではあります。

自分が運転をやめたあと、あるところで「高齢者はできるだけ早く、自動車の運転はやめるべきだ」と書いたのですが、そのとき地方の方から多くの反対意見が寄せられました。都市部とは違って、田舎ではスーパーに買い物に行くのも、病院へ行くのも、車がなければ極めて不便です。ある90歳の方は、「自宅から駐車場まで杖を突いてやっとの思いで行き、何とか軽トラに乗り込むことで自由に移動ができる」「車がなければどこにも行けない」とおっしゃっていました。

ですから、私は60代の前半で運転をやめましたが、誰もがそうあるべきとはなかなか言えないのが現実ではないでしょうか。

元気に下山

19

老いと病に向き合う

苦しみであるはずの老いや病を
川柳にして自虐的に詠《うた》える
日本人のセンスは、実に面白い。

問

高齢になると、いくつもの病気や体の不調などを抱えることになりますが、五木さんは特に注意すべきことは何だとお考えですか？

答

高齢者の二大テーマは「誤嚥《ごえん》」と「転倒」

10年ほど前、当時50代半ばぐらいだった友人からこんな話を聞きました。

歯にいろいろと不具合を抱えていた彼は、あるとき歯医者に行って、「どうしてこんなにも歯に問題が起こるのか？」と質問したそうです。すると、担当の歯科医は「歯をはじめ、人間の体の各部位は50年ぐらいもつようにできている」「つまり、50歳を過ぎると耐用期限切れなので、不具合が出るのは仕方がありません」と答えたというのです。

友人は「期限切れはひどい」と嘆いていましたが、私はその身も蓋もない言い方に妙なリアリティを感じていました。人体の耐用年数は50年。昔から「人生50年」などと言われてきましたが、まさに昔の人の身体感覚と、現代の医者の言葉は合致しているのです。そうした不具合を養生でなんとか治めながらだましだまし生きていくのが、人生100年時代の後半生の生き方なのです。

高齢者の病気や不調のうち、気をつけなければならないのが「誤嚥《ごえん》」と「転倒」です。

誤嚥とは、口に入れた食べ物や水が、食道ではなく、誤って気管に入ってしまうことです。誤嚥によって肺炎を起こすと、寝たきりになってしまったり、場合によっては亡くなることもあります。誤嚥の主な原因として、加齢によって飲み込む力、すなわち嚥下《えんげ》機能が低下することが挙げられます。

転倒はバランスを崩して転ぶことですが、高齢者にとってはときに致命的なことになりかねません。もし骨粗鬆症《こつそしょうしょう》であれば、転倒によって骨折し、何カ月も病床に伏すことになります。高齢者の場合、ベッドに横になっている期間が長期にわたれば、身体機能が著しく低下して、そのまま寝たきりになってしまうケースが多く見られるからです。

以前、日本転倒予防学会という学会から資料が山のように送られてきたことがあり、その中に「転倒予防川柳」というものがありました。

そのうちのいくつかは、素人の作品とは思えないほどの出来栄えで、いまでも頭に残っています。

「あがらない　年金こづかい　つま先が」（静岡県　石川芳裕）

「つまづいた　むかしは恋で　いま段差」（長崎県　福島洋子）

「つまづいて　身より心が　傷ついて」（神奈川県　横溝彩子）

道でつまずいて転んでしまったとき、ぶつけたところが痛いことよりも、「こんなところでつまずくなんて」「俺も衰えたな」とプライドが傷つく。そんな経験に心当たりがある人も多いのではないかと思います。

それにしても、本来は苦しみであるはずの老いや病を川柳にして自虐的に詠える日本人の感覚というかセンスは、実に面白いですね。

20

始原のエネルギー

大事なことは、
与えられた命を
しっかりと生き切ることなのです。

問

長生きをするならば、できるだけ健康で元気でいたいと思っています。元気でい続ける秘訣があれば、ぜひ教えてください。

答

与えられた命を生き切ること

潑剌《はつらつ》とした立ち居振る舞い。張りのある声や、目の輝き。表情も生き生きとして、笑顔があふれている。仕事や趣味に活動的に取り組み、何事にも積極的――私たちが、「元気な人」と言うとき、想像するのはこんなイメージでしょうか。

しかし、本来の「元気」とは、そういうことではありません。

以前、自分の中で「元気とは、いったいどういうことだろうか」という疑問が湧き、本を読んだり、人に話を聞きに行ったりして、真剣に考えた時期があります。

道教の思想では、「元気」とは天地万物を生み出した根元の力を意味します。根元の「元気」がひとつあり、そこから2つの気が生まれる。それが「陽の気」と「陰の気」であり、この「陽」と「陰」がすべての世界の基本パターンとなります。

江戸時代に貝原益軒《かいばらえきけん》が書いた『養生訓』という本の中には、元気について「人の元気は、もと是、天地の万物を生ずる気なり。是、人身の根本なり」と書かれています。

「元気」というのは、古今東西の学者や思想家の一大テーマでした。というのも、古代中国の古典から、江戸時代の僧や学者が書いたもの、さらには現代の学者先生の論文まで、「元気」という言葉が出てくる資料は山のように存在しているからです。

そうした「元気」に関する膨大な文献を読み、さらに自分自身の体験に照らし合わせて考えた末に、私なりの「元気であること」のイメージが徐々にかたちづくられていきました。

「元気」とは、根元の「気」であり、すべてのエネルギーの始原のかたちである。

あらゆる生命も事物も、その「元気」から生み出されます。

そうした始原のエネルギーから発せられる鮮やかな光を、仏教では「無量寿《むりょうじゅ》」「無碍光《むげこう》」と呼びます。「無量寿」とは無限大の空間と無限の時間のこと、「無碍光」とは何ものにも遮られることのないエネルギーのことです。

そして、生きることとは、「元気」の中からこの世に送り出され、与えられたエネルギーを各人各様のやり方で消費していくことではないか。そんな心身をめぐるエネルギーの流れが調和のとれたスムーズなものである状態を、俗に「元気がある」と表現する。逆に、その流れが滞ったり、乱れたり、つかえたりして、スムーズさを失った状態を「病気」と言う。

たとえ100歳まで長生きしたとしても、与えられたエネルギーを100%使って生き切ることができなければ、「元気に生きられた」とは言えません。逆に、若くして大病を患い40歳の生涯だったとしても、その天寿をしっかりと生き切ることができた人は「元気に生きた」と言うことができるのではないでしょうか。大事なことは、与えられた命をしっかりと生き切ることなのです。

21

慈悲の意味

世の中には、
「慈」と「悲」の両方が必要です。
人間には励ましだけではなく、
慰めが必要なときもあるのです。

問

60代の男性です。同世代の知人が大きな病気をして、苦しんでいます。彼には以前世話になったので、今度は自分が力になってあげたいと思うのですが、どうすればいいかわかりません。苦しむ知人に、どんな言葉をかけたり、手を差し伸べてあげればいいのでしょうか？

答

ともに泣き、ともに悲しむ

質問の文章だけでは、知人の方の病状が詳しくはわかりませんが、質問者の方が「どうすればいいかわからない」とおっしゃるぐらいですから、かなりひどいのかもしれません。

過去に相手から受けた恩を返したい。切実にそう願う、この方の気持ちはわかります。ただ、酷な言い方かもしれませんが、人の苦しみや痛みは、その人だけのものであって、どれだけ他人が同情したり、慰めたりしても軽くなることはないとも思うのです。

これまで生きてきて、私自身が痛切に感じていることがあります。それは、他人に対し、何かをしてあげることができると安易に思ってはいけない、ということです。一方的にそう思い込むことは、傲慢であり、偽善ではないか、とさえ考えています。もし知人の方の病状がかなり悪く、生きる気力や希望も失っているような状態であるならば、たぶんまわりの人にできることはないでしょう。人生には、頑張ってもどうしようもない局面、人の力が及ばない局面がある。まわりもそのことを受け入れるしかありません。

それでもなお、相手のために何かをしてあげたい。そう願うのであれば、慈悲の「悲」しか残されていないと思います。

慈悲とは、仏教の教えの中核をなすものです。

「慈」はサンスクリット語のマイトリーの漢訳です。ミトラという言葉が語源で、これは朋友《ほうゆう》、親しきもの、という意味になります。ですから、慈は、友愛の心、フレンドシップという言葉に近い。励まし、というニュアンスもあります。

一方、「悲」はサンスクリット語のカルナーの漢訳です。打ちのめされ、絶望にあえいでいる相手のため、何かをしてあげたいけれど、何もできない自分の無力さにため息をついて嘆き悲しむこと。それでも、その相手のそばにいて、手を握り、その人の怒りや悲しみ、苦しみが自分に伝わってくるのを、ただひたすら受け止めること。それが「悲」なのです。

世の中には、「慈」と「悲」の両方が必要です。再起しようという気持ちや力がまだ残っている人には、「慈」の心が有効です。力が萎えて道端に座り込んでいる人に「大丈夫か？　この手につかまって、一緒に歩いていこう」と手を差し伸べてあげる。そうした「慈」の行いが、誰かの力になる場面はたしかにあります。

しかし、こちらが何をしようとも、相手の力になれないときもあります。そんなときできることは、苦しんでいる人の傍らでともに悲しみ、涙することだけです。「慈」が励ましならば、「悲」は慰めといえます。何も言わない。相手から邪魔だ、うるさいと言われれば、黙って去るしかない。「悲」は、無力です。それでも、人間には励ましだけではなく、慰めが必要なときもあるのです。

22 自分の体と向き合う

自分の体からの声だけを信じて、少しでも痛みや不快感が治まるような工夫をしていく。

問

巷《ちまた》には健康に関する本や情報があふれています。たくさんありすぎて選べません。健康に生きるために、いったい何を基準にすればいいのでしょうか？

答

体が発する声を聞き、養生を心がける

以前に書いた『健康という病』（幻冬舎新書）は、「氾濫する健康情報にどう付き合っていくか」や「老いと健康」をテーマとしたものでした。

タイトルにもあるように、私は現代社会においては「健康という病」が蔓延《まんえん》していると考えています。

テレビをつければいくつもの健康番組が放送され、書店に行けば膨大な数の健康本が棚に並んでいます。それらを見ると、「こういう食品は食べてはいけない」

「睡眠時間は短い方がいい」「こんな運動をした方がいい」「飲むべき薬はこれだ」などと、様々な健康法が紹介されています。健康情報の氾濫は、かつてなかったほどの勢いでわれわれを押し流そうとしているのです。

さらに問題なのは、そうした健康情報が、往々にして真逆のことを言っている点です。ある本では「一日一食で十分」と言い、別のある本では「一日三食、きちっと食べなければいけない」と言う。「一日三杯以上のコーヒーを常飲していると認知症のリスクが増加する」というコーヒー悪玉説もあれば、「コーヒーをたくさん飲むほど死亡リスクは低下する」という善玉説もある。

そうした健康情報に触れるたびに、今日はこっちへ、明日はあっちへ、と右往左往する。その挙句に「健康であろうとすること」がストレスとなり、心に重くのしかかるようになってしまうのです。

過酷な労働環境を示す言葉として「3K（きつい、汚い、危険）」という用語があります。それをもじって、私は「現代社会の苦しみの原因としての3K」ということを考えました。ここで私が言う3Kとは、「経済（または金）」と「孤独」、そして「健康」です。健康であろうとすることは本来苦しみを離れることだったはずですが、いまはむしろ苦しみや不安を引き起こす原因となっているのです。

健康法はあてにならない

では、ご質問にあるように、健康情報が氾濫する現代社会において、どう生きればいいのか。まず言えることは、「巷にあふれる健康法はあてにしない方がいい」ということです。

そもそも健康法があてにならないのは、いまに始まったことではありません。たとえば、明治・大正時代に岡田《おかだ》虎二郎《とらじろう》という人がいて、彼が提唱した岡田式静坐法という健康法が一世を風靡《ふうび》しました。その人気ぶりはすさまじく、静坐会の会員数は2万人を数え、坪内《つぼうち》逍遙《しょうよう》や渋沢《しぶさわ》栄一《えいいち》をはじめ当時の作家や学者、実業家、政治家といった著名人たちも実践したと言われています。しかし、当の岡田本人が49歳のときに急死すると、静坐法のブームも一気に衰退していきました。

戦後を振り返ってみても、高度経済成長期にまず呼吸法が流行り、そのあとは運動ブームが到来して、ウォーキングやジョギング、体操などが推奨されました。デトックスが話題になった時期もあれば、紅茶キノコや飲尿療法など奇妙な健康法がマスコミを賑《にぎ》わしたこともあります。医療ブームの時代には病院選び、医師選びが重視されるようになり、最近では薬品をチェックする風潮が盛んです。

まさに時代ごとに新たな健康法が生み出され、そのうちのいくつかがブームとなり、廃れていく。そんなことをわれわれはずっと繰り返してきているのです。

ですから、「完全な健康法などない」と諦めることも大切でしょう。

人はそもそも、老いや死を抱えた存在として、この世に生まれてきます。老いや死があれば、その前には必ず「病」もあります。つまり、十全の健康なんていうものはあり得ないと思うのです。

特に、長生きをすれば、80代以上の方のほとんどは、程度の差こそあれ、認知症にならざるを得ません。仏教では人間の根本的な苦しみのことを「四苦(生・老・病・死)」と言っていますが、超高齢社会となった現代においては死の前に「痴」

（認知症）の苦しみがあると私は考えています。

ですから、多少の病は「しょうがない」と受け入れて、少なくとも他人に迷惑をかけないで生きていけたら、それでもう十分なのではないでしょうか。

そのためには養生を心がけること。人間は生まれた日から老いていく。病気もします。60歳を過ぎ、70歳、80歳……と高齢になっていけば、体がいくつもの病気を抱えることは極めて自然なことです。そんな体を、少しでもよいコンディションで保ち、故障しないようにあれこれ工夫すること。それが養生ではないでしょうか。

自分なりの養生の見つけ方

養生の第一歩は、体が発する信号（私は「身体語」と呼んでいます）を正しく受け止めることです。「腹が減った」「喉が渇いた」に始まり、「疲れた」「肌寒い」「肩がこる」「体がだるい」など、体は常にいろいろな声で語りかけてきます。

体が発する声を聞いたら、それを治めるためにいろいろ試してみる。このときも、とことん自分と向き合ってください。仮に「1万人に効果があった」と言われる方法でも、自分に合わないと感じたら迷うことなく投げ捨てる。何が快適かは人それぞれ。万人に適合する方法はありません。

また、あまり本気になって期待しすぎず、趣味や道楽のつもりで楽しみながらやっていくことも大切です。努力は必ずしも報われない。やったからといって、目に見える成果が出るとはかぎらない。それでもいいやと気軽にやるのが、養生のモットーです。

外部からの情報、あらゆる常識や予備知識などは無視して、自分の体からの声だけを信じて、少しでも痛みや不快感が治まるような工夫をしていく。そういう試行錯誤を重ねていくうちに、やがて自分なりの養生法が見つかっていくのではないでしょうか。

第3章

晩年期の家族

23 老年期の男女

男女の愛から、人間的な理解へ。愛情ではなく、相手を理解することから生まれる友情へ。

問

がんを患った80歳近い母親には、若い頃に相思相愛だった男性がいます。事情があって一緒にはなれなかったものの、地元でときどき顔を合わせていたようです。母親は「死ぬ前に一目会いたい。彼の声を聞きたい」と言っています。連絡をとってあげるべきでしょうか?

答

男女の愛を超越し、人間的な理解へ

連絡をとってあげるべきだし、会えるならば会わせてあげた方がいいでしょうね。もし相手の男性に連れ合いがいたとしても関係ありません。お互い80歳近い年齢になっているのであれば、若い頃のような性は超越しているはずですから。

若い頃であれば、昔好きだった人や、前の彼氏や彼女に会うとなれば、会う本人も相手に対して異性としての特別な感情を抱くはず。結婚をしていれば、現在のパートナーとしては心穏やかではないでしょうし、嫉妬して「会ってほしくない」とも思うはずです。

しかし、ある一定の年齢以上になれば、お互いにそうした感情を抱くことはないと思います。

男女の愛から、人間的な理解へ。

愛情ではなく、相手を理解することから生まれる友情へ。

老年期には男女の関係のあり方が、若いときのそれとは明らかに変わっていきます。

以前、『林住期《りんじゅうき》』（幻冬舎）という本の中で、女性と男性との関わりについて、こんな文章を書きました。

「学生期《がくしょうき》のあいだは恋愛が中心だ。／家住期《かじゅうき》になれば夫婦の愛をはぐくむ。／そして、林住期《りんじゅうき》には、恋人でも、夫でもない一箇の人間として相手と向きあう」

「学生期」「家住期」「林住期」とは、古代インドの人生思想である「四住期《しじゅうき》」に出てくる人生区分で、人生を4つの時期に区切って、それぞれの生き方を示唆する興味深い人生観です。

右に挙げた3つのほかに「遊行期《ゆぎょうき》」というのがあります。

大まかに言えば、学生期と家住期が人生の前半、現在なら50歳ぐらいまでの期間でしょうか。林住期と遊行期が人生の後半、50歳以降にあたります。

この質問者のお母様は、林住期を過ぎ、すでに遊行期に入られている年齢です。遊行期とは、人生の最後の締めくくりである死への道行きであるとともに、幼い子供の心に還ってゆく懐かしい季節でもあります。

ならば、会いたいと思う人に存分に会わせてあげて、後悔や未練のない末期を過ごさせてあげることが最良でしょう。

ただ、気をつけたいことがひとつ。

質問者のお母様は相手と「ときどき地元で顔を合わせていた」そうなので大丈夫かと思いますが、昔懐かしい人と何十年ぶりに再会する場合、昔の思い出が美しすぎて、いまの相手の現実の姿に幻滅することも多々あります。ですので、若いときの思い出を大切にしたいのであれば、あえて会わないという選択肢もあるかと思います。

元気に下山

24 独りゆえの軽やかさ

独りで生まれ、
一時は家族や配偶者と暮らし、
最期はまた独りになる。
それが人生です。

問

50代の独身女性です。周囲からは結婚をすすめられますが、その気はまったくありません。私のような女性は増えていくと思いますが、五木さんはどう思われますか？

答

人はいつか独りに。ならば、孤独を楽しもう

女性の生き方として「結婚をしない」「子供を産まない」という選択肢がもっと広く認められてもいいのではないかと、私は思いますね。

そもそも女性の教育水準が上がっていけば、社会に出て活躍する女性も増えて、おのずと婚姻率は低下します。また、女性の場合、結婚の先には妊娠、出産というライフステージが想定されますが、婚姻率が下がれば出生率も下がります。世界の先進国では少子化が社会問題となっているケースが多々ありますが、社会が

成熟して女性の活躍する場が増えれば、婚姻率や出産率が下がって少子化が進むのは避けられないことです。これは世界の先進国に共通して言えることです。

「老後の独り身は孤独」という声もたしかによく耳にします。しかし、もし結婚をしたとしても、結局人生の終盤には否応なくどちらかが欠けて、どちらかは独りになってしまいます。連れ合いがいなくなっても子供や孫がいるじゃないか、とおっしゃる方もいるかもしれませんが、子供や孫が死ぬまでそばにいてくれるとはかぎりません。いや、むしろ彼らには彼らの人生があるので、あてにはできないと思った方がいいでしょう。

独りで生まれ、一時は家族や恋人、配偶者と暮らすことになりますが、最期はまた独りになる。それが人生です。

それに独り身の暮らしは決して悲惨なことではないと思うのです。

結婚をして、子供を産めば、当然子育てに時間を割かれます。親として子供を健やかに育てることは重大事であり、子育てが親にとっても喜びや満足感を生むことは疑いのない事実ですが、一方で自分の時間を子供に分け与えることですから、そこにはある種の自己犠牲が伴います。独身生活を貫けば、妊娠や出産、子育てに時間を割かれない分、自分の自由な時間を多く持てます。

その時間を使って、何か新しいことを学ぶのもいいでしょう。誰もが成人して何らかの職業に就いて生きてきたわけだけれども、人生の後半期の学びは長年親しんだ職業とは縁もゆかりもない分野のことを勉強してみる。大学に聴講生として通ってみるのもいいですし、いまは社会人向けの講座もたくさんあります。そうやってもう一度学問をするのは大事なことですし、面白いことだと思います。

私自身、49歳のときに休筆して京都の龍谷大学に聴講生として通いましたが、あらためて勉強というのはこんなに面白いものなのかと驚きました。聴講生として大学に通った日々は、毎日が学びの喜びに満ちあふれ、その後の人生をさらに充実したものにする糧を与えてもらいました。

老年期の独身、孤独というと、どこか寂しげな印象がありますが、そんなことはありません。むしろそれを受け入れてしまえば、独りゆえの軽やかで自由な人生を楽しめると思うのです。

25 思い出の効用

空想の世界に生きることは
決して悪いことではないし、
むしろ人生を豊かにしてくれる
ことなんじゃないか。

問

過日、長年連れ添った妻に先立たれました。老後は一緒に過ごそうと思い、いろいろ計画していたのですが……。いまは気持ちがひどく落ち込んで、何もやる気が起きません。どうしたらいいのでしょうか？

答

思い出の品を依《よ》り代《しろ》に、空想の世界を生きる

奥様に先立たれてしまったのは、本当につらいことでしょう。もしどうしても奥様への惜別の気持ちが収まらないのであれば、残されたご自分の人生を思い出の中に生きる道もあると思います。

思い出に生きる、なんていうと、ひどく後ろ向きなこととしてとらえる方もいるかもしれません。しかし私は、回想や空想は人間、特に様々な身体的不自由や親しい人との別れを抱えた老年期の方にとっては大事なことだと思うのです。

精神世界というか、空想なり妄想の世界で遊んだり、その世界を豊かに広げていくことは、高齢者にとっての幸福感に直結します。空想の世界で想像力の翼を無限に広げ、自分の好きなこと、やりたいことをイメージする。空想の中でなら、どんな旅でもできますし、誰とでも恋や不倫だって自由にできます。すべてが自由なのです。

独りで落ち込んでいる人に対して、「新しい趣味を持ち、多くの人と触れ合えば、気持ちも晴れるでしょう」とアドバイスする方もいますが、私は違うんじゃないかなと思います。やれ民謡だ、やれ俳句だといろいろやって、たくさんの人と付き合うようにしても、満たされない人はきっといるはずです。

空想の世界に生きることは決して悪いことではないし、むしろ人生を豊かにしてくれることなんじゃないか。一日中、何もしないでボーっとしているように見えて、実はものすごく豊かな空想の世界で遊んでいるような人は、それはそれで幸せだと私は思います。

空想や回想の世界に身をおくには、依《よ》り代《しろ》が必要です。というのも、歳を重ねれば重ねるほど、思い出す力も衰えてくるからです。

依り代といっても、別に特別なものでなくてもいい。連れ合いが身につけていたり、日頃使っていたりした、ちょっとした小物で十分です。二人でどこかに旅行したり、記念日に撮った写真もわかりやすくていいでしょう。そうした依り代から回想がどんどん広がっていきます。

いろいろな依り代があった方が空想の幅も広がっていきますから、私は歳をとってからの片づけには反対です。物は大事にしておいた方がいいのではないか。

フランスの文学者で、アナイス・ニンという女性がいます。以前、彼女がパリで暮らしている部屋の写真を見たのですが、まるで骨董屋《こっとうや》のようにいろいろなものが所狭しと置かれていました。パリというのは孤独な街ですから、彼女のように多くのものに囲まれ、そのものにまつわる思い出の中に生きているパリジャンやパリジェンヌは、きっとたくさんいるのでしょう。

でも、そんな生き方が不幸なのかと言えば、まったくそんなことはない。人間にとって、豊かな空想の中で生きられることは、むしろ幸せなことなんです。

26 自立のすすめ

他人同士が密着しすぎて
暮らしていると、
やはりどこかに
ひずみが生まれるものなのです。

問

定年後、価値観の異なる妻と二人で過ごすと思うと暗澹《あんたん》たる気持ちになります。離婚して、パートナーを変えるべきでしょうか？

答　まずは「家庭内自立」をしてみる

離婚をするのは、ものすごい時間とお金、労力がかかると聞いたことがあります。ですので、できれば避けた方がいいのではないでしょうか。

では、我慢をして一緒に暮らし続けるべきかと言えば、それもつらい。そこで私がおすすめしたいのが、別れるでもなく、一緒にいるでもない、第三の道です。

別の項目で、家族と一緒に住むが、生活は別々に送る「家庭内自立」という生き方の話をしました（31ページ参照）。それは子供や孫との関係にかぎったことではなく、長年連れ添った配偶者との関係においても当てはまります。夫婦ですから、「家庭内別居」という表現でもいいかもしれません。

一人の時間には、お互いに好きなことを自由にします。奥さんは、料理や踊りの趣味があれば、それを学べる教室に通う。旅行が好きならば、友達を誘って行けばいい。旦那は旦那で、ゴルフに行ったり、本を読んだり、やりたいことをする。たまに気が向いたら、二人でご飯を食べたり、映画でも見に行けばいい。

結婚して夫婦になったら、一緒に暮らすもの。私たちはずっとそう考えて、生きてきました。しかし、夫婦とはいえ、元は他人です。質問者の方は、奥様に対して「価値観の異なる」と書いていますが、そんなことは当たり前です。育ちも違えば、それまでの生活習慣も違う。持って生まれた個性や考え方も違う。そんな二人が、ただ結婚して夫婦になったからという理由だけで、ひとつ屋根の下で何十年も生活をともにすること自体、そもそも無理があるのです。

それでもこれまで何とかなってきたのは、どちらかと言えば、奥さんの方が我慢をしてきたおかげです。かつての日本では、妻は夫を立てるもの、家事や子育ては妻の役割、という考え方がまかり通ってきました。しかし、いまはもはやそんな時代ではありません。

また、男女は平等、お互いが歩み寄り、尊重し合うことが大切という意見もあるかもしれませんが、やはりずっと折り合いをつけ続けるのも難しいものです。毎日顔を合わせていれば、相手の嫌なところ、ちょっとした仕草や習慣で気に入らないところも見えてきます。他人同士が密着しすぎて暮らしていると、やはりどこかにひずみが生まれるものなのです。

家庭内別居をすれば、そうした問題は解決できます。一緒に暮らして、寝食をともにしているときはどうしても気になったり、我慢できなかったことが、別々の生活を送ることで意外と許せたりもします。また、たまに会うぐらいだと、人は相手に対して、「ちょっといい恰好をしよう」と思ったりするものです。

互いに自立し、適度な距離感を保って生活していくことで、夫婦の関係性がむしろよくなっていく可能性は十分にあると思います。

元気に下山

27 親子は違う存在

息子は息子、
自分は自分、と考える。
親は親で自分のやりたいことを
自由にやればいいのです。

問

同居する息子との会話がありません。これから自分がさらに歳を重ねていく中で、成人した息子とどのように付き合っていくべきか。距離感の取り方がわかりません。

答

息子は息子、自分は自分、と考える

この質問の文章だけでは、ご本人やその息子さんの年齢がわかりませんが、親と同居する成人した子供の数は増えているようです。

総務省の資料を調べたところ、親と同居する壮年未婚者（35〜44歳）の数は、1980年には39万人（35〜44歳人口の2・2％）でしたが、90年には112万人（同5・7％）、2000年には159万人（同10・0％）と増加の一途をたどり、16年には288万人（同16・3％）に上っています。

また、親と同居する高年未婚者（45〜54歳）の数も、近年徐々に増加しつつあり、16年には158万人（45〜54歳人口の9・2％）となっています。

細かな背景は家庭ごとに異なるでしょうが、傾向として多いのは、経済的に自立できない子供が、親の年金や住まいをあてにして一緒に暮らすケースだと言われています。また、親としては、子供に自立してほしいと思いつつも、一方で同居したまま自分の老後の面倒を見てもらいたいという思惑もあるそうです。

さて、質問を読ませていただくと、この方は息子さんとの関係性に悩んでいるようですね。

まず言えることは、会話をするために、息子さんが興味を持ちそうな話題を親の側からわざわざ持ち出すのは最悪、ということでしょうか。子供にすり寄るようなやり方は軽く見られ、うっとうしがられるだけです。

そもそも、会話がないのは仕方がないことだと思います。

親子とはいえ、世代がまったく違うわけですから、興味を抱く対象も、食べ物の嗜好《しこう》も、生活スタイルも、何もかもが異なります。お気の毒ですが、超えることのできない世代間のズレというものは、たとえ親子間といえども間違いなく存在します。親子の共通の話題なんて、よほど仲がよく、趣味嗜好が似通っていれば話は別ですが、たいていの場合はありません。

また、これまでの親子関係がよくなかったのかもしれないし、息子さんが年齢的に親とべたべたしたくないと思っているのかもしれない。過去のことや人のことは、どうこう考えたところで、どうしようもない。諦めて、現実を受け入れるしかないのです。

息子は息子、自分は自分、と考える。息子のことなんて気にせずに、親は親で自分のやりたいことを自由にやればいいのです。

本や音楽に没頭するのもよし、車に乗って全国津々浦々ドライブするのもよし。親が楽しそうに何かに打ち込んでいる姿を見れば、もしかしたら息子の方から興味を持って寄ってくるかもしれません。

仮に寄ってこなかったとしても、自分が好きなことをやれているのだから、それはそれでいいじゃないですか。

自利と利他、
両方揃《そろ》って初めて円満なのです。

問

50代後半の女性です。数年前に父親が倒れ、以来、仕事と介護に忙殺される日々を過ごし、心身ともにすり減っています。いまのこの苦しさを少しでも軽減できる術《すべ》はないものでしょうか？

答　「人のため」だけでなく、「自分のため」も考える

人生の後半期に入って、自分の両親あるいは配偶者が突然、介護が必要な状態になってしまう。質問者のように、まだ仕事をしているのであれば、介護と仕事の両立に悩み、その途方もない荷物の大きさに押しつぶされてしまうかもしれません。仕事を辞めれば、負担は減るでしょう。しかし現実には、働かなければ収入が絶たれ、生活が立ち行かなくなってしまうため、辞めるに辞められない。

長い間、私の担当をしてくれているある編集者も、親の介護をしています。彼

の場合、地方に住む両親に認知症の症状が出てきたために、ひとりっ子の彼と彼の奥さんが交代で両親の世話をしているとのことでした。ある打ち合わせのとき、彼がため息交じりに話してくれたことは、まさに老老介護の苦悩を物語るものとして、その疲れきった表情とともにいまでもはっきりと覚えています。

「介護離職をする人の心境がよくわかります。ここで会社を辞めたら、自分たちの生活が立ち行かなくなることはわかっているんです。でも、追い詰められると、冷静な判断ができなくなり、両方が中途半端ないまの生活から抜け出したいと考えてしまうんです」

たしかに、自分の親や配偶者が要介護状態となってしまったのであれば、なんとか面倒を見てあげたいと思うのが人情でしょう。しかし、他者に尽くすあまり、自分の生活や心身の健康を損なってしまうのは、果たして正しいことだと言えるのでしょうか。

仏教に「自利利他円満《じりりたえんまん》」という言葉があります。

自利とは自分の利益のこと、利他とは他人の利益のこと。自分が修行を積んで悟りを得たならば、自分だけで抱えているのではなく、まわりの人たちにも自分が悟ったことを伝えていかなければならないという大乗菩薩道《だいじょうぼさつどう》の基本思想です。

この説明だけだと「自分の利益だけを追求するのはよくない」「人のためになることをしなければならない」という教えに聞こえるかもしれません。その解釈は必ずしも間違ってはいませんが、この言葉にはもうひとつ別の側面があります。

人のために何かをしてあげること、すなわち利他は大切なことです。しかし、利他ばかりに偏ってしまい、自分を蔑《ないがし》ろにしてしまったら、それは「自死利他」であり、決して幸せな状態とは言えません。そもそも、自分の心身や生活がある程度安定していなければ、人を利することなんてできません。自利と利他、両方揃ってはじめて円満なのです。

今後、介護の問題は容赦なくやってきます。介護保険制度や介護施設の問題は国や自治体、企業の範疇《はんちゅう》で、個人ではどうすることもできません。ただ、「自利利他円満」の精神が、介護に苦しむ人びとの役に立ってくれるのではないか。そんな気がしています。

29 目に見えない相続

人は、知らず知らずのうちに、
ありとあらゆるものを
親から受け継ぎ、
そして子供へと引き継いでいます。

問

老後にやりたいことがいっぱいあります。財産は自分のために使ってもいいのか。それとも家族のために残しておくべきなのでしょうか。

答

財産は残す必要はないが……

財産は自分のために使った方がいい。私はそう思います。

家族のために財産を残さなければ、と考えるのは、「家族のために何かしてやりたい」という気持ちのほかに、どこかで「自分が家族から大事にされたい」という自分のためを思う気持ちもあるのではないでしょうか。

たしかに一般には、相続する資産を持っている人が家族に大事にされる傾向があります。

もし「相続はしない。あるものは自分が生きているうちに使い切ってしまう」と宣言したら、「じゃあ、勝手にすれば」と離れていく家族もいるかもしれません。

でも、それでもいいではありませんか。

独りで生まれ、そして独りで死んでいく。

それが人間の運命です。

愛する家族の世話になり、みなに惜しまれながら最期のときを迎えるなどということは、大家族が当たり前だったかつての日本ならともかく、これからの時代においては極めて稀《まれ》なケースになるはずです。これからは家族ではなく、病院なり、老人ホームなり、介護サービスなりの世話になりながら独りで暮らし、独りで死んでいく人がどんどん増えていくでしょう。

だったら、自分の財産も、まだ元気であちこち動き回れるうちは趣味や旅行などのやりたいことに使って人生を楽しみ、支援が必要になってきたら少しでも快適に終末期を過ごして最期のときを迎えられるように医療や介護に使えばいいと思うのです。

高齢者は「自立」する必要があります。そのためには相続は考えず、自分のお金は自分で使い切る。ちょっとくらいはお小遣いとして家族に残してもいいかもしれませんが、理想は「児孫《じそん》（子孫）のために美田を買わず」でしょう。

財産以外の相続

家族のためにどうしても何かを残してあげたいというのであれば、「目に見えない相続」をされてはどうでしょうか。

ある若い女性の編集者と一緒に食事をしたときのことです。そのときは秋刀魚《さんま》の塩焼きをいただいたのですが、食べ終わったときに彼女のお皿を見て、ひどく感心したことをいまでもよく覚えています。魚の骨がまるで標本のように皿の上に横たわっているだけで、食べられるところはきれいに食べ切っていたのです。

聞けば、「私の家では、母が魚の食べ方にすごくうるさかったんです。その母も、祖母からいつも叱られていたそうです」とのことでした。

そのときふと思ったのが、親や家から相続するのは財産ばかりじゃないな、ということです。

彼女のように魚の食べ方を親子代々相続している人もいる。ほかにも、箸の持ち方、あいさつの仕方、話し方、身のまわりのものの扱い方など、日常生活のこまごまとした作法を親から相続している人もいるでしょう。家風という言葉で表現してもいいのかもしれません。

人は、知らず知らずのうちに、ありとあらゆるものを親から受け継ぎ、そして子供へと引き継いでいます。そんな「目に見えない相続」を、私たちはもっと積極的にしていかなければならないのではないかと思うのです。

大切なのは、目に見えない相続

振り返ってみれば、私自身も両親からさまざまなものを相続しています。

たとえば、話し方。私の話し方のイントネーションやアクセントはまったくの九州弁、より正確に言うと福岡の筑後弁《ちくご》です。両親ともに福岡人でしたから、家庭内の会話は100％九州弁でした。そんな両親から相続した話し方が、この歳になってもまだ消えずに自分の中に残っているのです。

また、父は本が好きで、本をとても大切にしていました。少年の頃の私が本をまたいだりすれば、物差しでピシャリと足をはたいてきましたし、母が読みかけの本のページの隅を折ったりすると、「それはドッグ・イヤーと言って、よくないことなんだ」と強い口調で注意していました。だから私は今でも、本をまたぐのは避ける習慣がありますし、本を大切に扱っています。

私が昔の叙情的な童謡をいっぱい覚えているのは、母のおかげです。母はオルガンが上手で、軍国主義一色だった時代にも野口雨情《のぐちうじょう》や西条八十《さいじょうやそ》、北原白秋《きたはらはくしゅう》の童謡を弾いてこっそり歌っていました。その歌声が、いつの間にか私の中に相続されていたのです。

いまもご両親が生きている方、特に若い方にぜひともしていただきたいのは、お父様やお母様の昔の話を何でもいいから聞き出して、それを相続することです。

できるだけしつこく、繰り返し聞いた方がいいと思います。

また、年配になり、親はすでに死んでしまったが、お子様がいるという方には、少しでも機会を見つけて、自分たちが若かった頃の話や子供のときの思い出話などをたくさんしてあげてほしい。

そういう話をこちらからしてあげれば、お子様たちもきっと喜ぶはずです。

そんな目には見えない相続の方が、財産を残すことよりも、大事なことだと私は思います。

第4章

新時代の日本社会

30 思い通りにはならない

人生は思い通りにはならない。
敗戦をきっかけに、
私の身のまわりのすべてのことが
一変しました。

問

老後を快適に過ごすには、定年時に3000万円から5000万円の貯蓄が必要だと言われています。定年を目前にして自分にはそこまでの貯蓄がないのですが、大丈夫でしょうか？

答

お金をあてにしすぎてはいけない

老後のための貯蓄はあるに越したことはありませんが、あてにしすぎるのもどうかと思います。というのも、綿密なライフプランを組み立てて万全の準備をしたところで、たいていはその通りにはならないからです。人生は思い通りにはならない。そう言い切ってしまうのはあまりにも悲観的かもしれませんが、それでも私がそう考えるのは、少年時代に敗戦という逆転現象を体験したからです。

敗戦をきっかけに、私の身のまわりのすべてのことが一変しました。

戦争中、私は両親とともに植民地であった朝鮮半島で暮らしていました。教師をしていた父親は、少しでも上級の学校に移るべく、必死になって勉強し、実際にいくつもの検定試験に合格していました。当時私はまだ小学生だったので詳しくはわかりませんが、父なりに出世の計画を立て、着実にその階段を昇っていたはずです。しかし、そのすべてが敗戦によって吹っ飛んでしまいました。

日本に引き揚げてきたあと、あれほど熱心に勉強していた父親が「これからの時代は学歴じゃない」「大学なんて行く必要はない」と語る姿は、私の記憶に鮮烈に残っています。

以来、私はずっと「人生は思い通りにはならない」「もし自分の思い通りにことが進んだら、それは望外の幸せだ」と思い続けてきました。

お金に対しても同じです。そもそもお金は、あてにならないものの代表のような存在です。戦時中、私たちが朝鮮で使っていた朝鮮銀行券は、ソ連軍の進駐とともに紙屑《かみくず》になりました。どれだけお金を貯めていても、ひとたびインフレが起きれば、その価値は一気に下がります。また、国家はときとして預金封鎖という強行策をとることがあります。そんなことは戦後間もない時代や国家の体制が不安定な途上国の話だ、とおっしゃる方もいるかもしれません。

私はそうは思いません。たしかに戦争が終わり、その後の半世紀以上は、お金の価値が根本から揺らぐような出来事は少なくとも日本では起こっていません。では、これからの時代も同じだと言えるでしょうか。私はむしろ、環境問題や国際情勢、世界経済はこれからさらに激変し、お金のあり方も劇的に変わっていくのではないか、という予感がしているのです。

ファイナンシャルプランナーに言わせれば、何千万円の預金があれば老後は安心、ということになりますが、私の考えは違います。たしかにお金があるに越したことはありませんが、それで絶対大丈夫、死ぬまで安心して暮らしていける、ということにはならないと思います。

お金はあくまで予備的なものとして考える。このご質問に答えるとすれば、仮に十分な貯蓄がないとしても、それで人生のすべてが決まるわけではないので気にする必要はない、ということになります。

元気に下山

31

「怒る」と「叱る」

自分が相手にぶつけようとしている感情は、どんなものなのか。その怒りは、本当に相手のためになっているのか。

問

昨今、マナーの悪い人が増えているように思います。昔は「カミナリおやじ」がマナーを伝える役割を担っていたと思いますが、自分は仕返しされるのが怖くて、つい萎縮して見て見ぬふりをしてしまいます。「いい怒り方」があれば、ぜひご教授ください。

答

どんな「感情＝こころ」を伝えるかを吟味する

人間が抱く様々な感情の中で、「怒り」はもっとも取り扱いが難しい感情だと思います。

仏教では、怒り憎むことを「瞋恚《しんい》」と呼び、「三毒」のひとつとしています。三毒とは、数ある煩悩の中でも特に人間の善い心を害する毒になる「貪欲《とんよく》」（むさぼり）「愚癡《ぐち》」（おろかさ）、そして「瞋恚」（いかり）の3つを指します。

怒りの毒を溜め込むことは、自分の心だけではなく、ときには体を壊す原因にもなりかねません。ですから、いちばんよいのは、怒らないことでしょうが、なかなかそうはいきません。悲しみや歓びと同じように、怒りも自然な心の動きですから、完全に否定してしまうのもまたおかしなことです。そのため、この質問者の方のように、「怒り方」について考えることは大切なことだと思います。

怒り方について書かれたものを読むと、ときどき「感情に任せて怒ってはいけない」などとあります。しかし、そもそも怒るという行為が感情的になることなので、「感情的にならずに怒る」ことは難しいのではないか。それに、私は人に対して怒るときに感情的になることは決して悪いことではないと思うのです。大事なことは、その感情をどう作り上げていくか。

感情の「情」とは「こころ」である。以前から私は、そんなことをあちこちで話したり、書いたりしてきました。たとえば斎藤茂吉《さいとうもきち》の『万葉秀歌　下』（岩波新書）の中に、大伴家持《おおとものやかもち》の次の歌が紹介されています。

「うららに　照れる春日《はるひ》に　雲雀《ひばり》あがり　情《こころ》悲しも　独りしおもへば」

この歌では「情」と書いて「こころ」とルビがふってあります。昔から、日本人は「こころ」という言葉に「情」という字を当てて使ってきたのです。誰かを怒るとは、すなわち自分の中に湧き起こった感情（こころ）を、相手に伝えることです。ぶつける、と言ってもいいかもしれません。

質問者の方は「『カミナリおやじ』がマナーを伝える役割を担っていた」と書いていますが、私の考えは少し違います。たしかに、カミナリおやじが怒ったことで子供のマナーがよくなったのかもしれませんが、それはあくまで結果論。カミナリおやじ自身は、身のまわりの子供や大人を「教育しよう」「マナーを教えてやろう」と頭で判断して怒っているのではなく、ただただ自分の癇《かん》に障《さわ》るから怒っているのがほとんどだったのではないでしょうか。

そうした怒りは、あまりにも自分勝手ですし、よい「こころ」とは言えません。

自分の中に怒りが湧き上がってきたら、ちょっと深呼吸でもしてみて、自分の感情を客観的に見てみる。今、自分が相手にぶつけようとしている感情は、本当に相手のためになっているのか。そんなことを吟味しながら自分の感情を相手にぶつけることで、いい怒り方もできるのではないでしょうか。

32 国家への不信

われわれは、世の中や自分自身にため息をつきながら、生きていくしかないのだと思います。

問

国や企業、大学の不正など、様々な社会問題が明るみに出て、日本という国が信用できません。われわれは今後、何に期待し、何を信じて、この日本の中で生きていけばいいのでしょうか？

答　そもそも国や企業は信用できない

質問者の方のお気持ちはよくわかります。

最近では、厚生労働省の勤労統計の不正調査問題が明らかになり、大きなニュースとなっています。報道によれば、その不正は近年にかぎった話ではなく、2004年ごろから行われていたそうです。企業では、品質検査の不正やデータ書き換え、不適切な会計処理や不正融資、巨大工事を巡る談合など、誰もがその名を知る有名企業の多くが不正に手を染めています。大学医学部の不正入試問題も広く報道されています。

そうしたニュースに触れるたび、うんざりした気分になりますし、被害を受けた方々はつらい思いをしたり、激しい憤りを覚えているだろうなと想像します。

ただ一方で、私の中には、国や企業などの大組織はそもそも信用できない、という強い不信感があり、「やはりな」と諦めのような気持ちも持ってしまうのです。

そうした不信感の根っこには、少年時代の敗戦と引き揚げの記憶があります。

私は日本の敗戦を朝鮮半島の平壌《ピョンヤン》で迎えました。

8月15日、天皇の玉音放送がある前から、現地の日本人社会の上層部の家族たちは、インサイダーの情報としてポツダム宣言の受諾を知っていたのでしょう。平壌駅は荷物を山積みにして南下する日本人家族でごった返していたといいます。しかし、一般市民には、お上の声として、次のような情報が繰り返しラジオ放送で流され続けました。

「治安は維持される。一般人は軽挙妄動することなく、現地に留《とど》まるように」

情報を持っていた政府要人の家族や利口なグループが「ここにいては危ない」

とさっさと列車に乗って南下する一方で、「政府の指示に従っていれば間違いはない」と愚直に信じた一般市民はそのまま現地に取り残されました。私も後者でした。そして、その後に何が起こったのか。

政府を信じて現地に留まった私たちは、侵攻してきたソ連軍にすべてを奪われて、難民となり、地獄のような日々を送ることになりました。言うなれば、われわれは国家によって棄《す》てられたのです。そのときの体験によって、私は、国家は国民を守ってはくれない、むしろ一部の人間のために大多数を平気で見殺しにする、という現実を否応なく思い知らされました。

戦後、日本は民主国家となり、国民主権が打ち立てられました。国家は国民のためにある。学校でも子供たちにそう教えています。しかし、私の中に根を下ろした不信感はずっと消えなかったし、戦後の歴史を振り返ってみても国や企業が国民を蔑《ないがし》ろにする出来事は幾度となく起こってきました。そのたびに私は「またか」「この国は何も変わっていない」とやり場のない思いを抱いてきたのです。

それでも、この国に絶望して自ら命を絶つことなく、今日まで生きてきました。

清濁を生きる

なぜ私は生きてこられたのか。私の気持ちを代弁するようなある説話が、中国に古くから伝わっています。

古代中国に屈原《くつげん》という人物がいました。彼は乱世の中で国と民を憂い、力を尽くしましたが、それをこころよく思わぬ人びとに讒訴《ざんそ》されて、職を追われ流浪の身となってしまいます。

長い旅の果てに、彼は大きな川のほとりにたどり着きます。そこで天を仰ぎ、濁った世の中を憤り、嘆く言葉をつぶやいていると、一人の漁師が舟に乗って近づき、「どうした?」と尋ねてくる。そこで屈原は、世の中やそこに生きる人びとへの恨みつらみを言い立てました。すると漁師はかすかに微笑《ほほえ》み、次のような歌を歌いながら水の上を去っていったそうです。

「滄浪《そうろう》之水清兮　(滄浪の水が清らかに澄んだときは)

可以濯吾纓　（自分の冠の紐《ひも》を洗えばよい）
滄浪之水濁兮　（もし滄浪の水が濁ったときは）
可以濯吾足　（自分の足でも洗えばよい）」

濁りを完全になくすことなんて不可能です。というか、濁っていることの方が圧倒的に多いのが現実です。ならば、どうするか。

屈原は、その後も現実をどうしても受け入れられず、最後は絶望して国を憂いながら川に身を投げて自殺します。

自らの信念を貫き通した屈原は、たしかに素晴らしい人物です。ただ、私は、漁師の歌にこそ、この世界を生きるための真実があるように思えてなりません。

清らかな時代のときには清らかに生き、濁った時代にはその濁りに合わせてそれなりに生きていく。汚れた足を洗えば、水はさらに濁ります。つまり、自分自身だって、濁りの一部なのです。

われわれは、世の中や自分自身にため息をつきながら、生きていくしかないのだと思います。

33 異種混淆《こんこう》の日本

「日本古来」「日本の伝統」の表皮をむいていくと、現れるのはインターナショナルでエキゾチックな異国の姿なのです。

問

グローバル化という言葉が盛んに言われるようになった昨今、自分たち日本人の足もとを見つめ直す必要を感じます。国内外の様々な地域を旅された五木さんが考える、日本や日本人とは何でしょうか?

答

日本はエキゾチックな国

1970年、当時の国鉄が個人旅行客の増大を目的に「ディスカバー・ジャパン」というキャンペーンを展開しました。コンセプトは「日本を発見し、自分自身を再発見する」。全国津々浦々の駅に大きなポスターを貼り、新聞やテレビで特集を組むなど、一種の国民運動のようなムードが作り上げられていきました。

そのディスカバー・ジャパンが一段落ついたころ、キャンペーンのプロデューサーだった電通の藤岡和賀夫《ふじおかわかお》さんが私のところに、「次のテーマとして、ほかに何か新しいアイデアはないですか」と相談にきました。

そこで私が提案したのが、年配の方は覚えていらっしゃるかもしれませんが、「エキゾチック・ジャパン」というテーマだったのです。

エキゾチックとは「異国情緒がある」という意味です。なぜ日本を表現するのに「エキゾチック」だったのか。それは、われわれが「日本らしい」「日本古来」と思っているものの中には、実は多分に「異国」が混じっているからです。

たとえば、京都の祇園祭《ぎおんまつり》。古都・京都において千年以上の歴史を有している伝統的な祭りですが、ビルの間の大通りを巡行する「山」や「鉾《ほこ》」を見れば、まさに異国の情緒があふれています。山や鉾を飾るのは、中国製の緞通《だんつう》や綴錦《つづれにしき》、ペルシャやトルコの緞通、ヨーロッパ諸国製のタペストリー、インド製の刺繍《ししゅう》です。

また、高野山は真言密教の総本山であり、古くから日本仏教の聖地のひとつとされてきましたが、そこで祀《まつ》られる大日如来をはじめとした諸仏の多くは、インド起源の神様です。映画『男はつらいよ』の主人公・寅さんの故郷、柴又《しばまた》には帝《たい》釈 天《しゃくてん》が祀ってあります。帝釈天もインドの神様です。

われわれがつい誤解してしまうのは、古きもの、歴史あるものを訪ねれば、そこに日本固有のものがあると思ってしまうことです。しかし、実際は違います。「日本古来」「日本の伝統」の表皮をむいていくと、現れるのはインターナショナルでエキゾチックな異国の姿なのです。

日本や日本人について考えるときも、こうした視点は重要です。ナショナルな面を見ると同時に、インターナショナルな面も見る。日本文化とひとくちに言っても、そこには様々なものが交錯しています。主流は中国・朝鮮半島を経由した東アジアルートでしょうが、ほかにも南方系ルートもありますし、シベリアやロシアから来た北方系の文化も入っています。

異文化の消化力

では、「日本はエキゾチックな国」という前提に立った上で、あらためて「日本とは何か?」と考え直してみると、どのような姿が浮かび上がってくるでしょょうか。考えるヒントは、「日本に流れ着いた多様な文化が、この国や風土の中でどのように育ち、根付いていったか」というプロセスを見ることです。

日本人は極めて強い消化力を持っています。ここで言う「消化力」とは、海外から貪欲に文化や知識を学び取り、それを自分たちの国や風土に合うように変えていく力のことです。

たとえば、同じ仏教でも、日本の仏教は、ブッダの仏教（原始仏教）とも中国の仏教とも異なっています。長い年月をかけて独自の発展を遂げてきたからです。

異国の文化の消化は、日本にかぎったことではなく、世界中どこの国も行っています。ローマはギリシャの文化を、ヨーロッパ諸国はギリシャやローマの文化をそれぞれに消化し、自分たちの文化を築いてきました。キリスト教も同じで、イギリスでは英国国教会が生まれ、ロシアにはロシア正教会があります。

私は常々、異文化の消化の仕方にその国らしさが見えるんじゃないか、と考えてきました。ただ、そうは言っても、「日本的な消化とはこういうことだ」とはっきりとは断言できないのが、正直なところです。

『日本人のこころ1』（講談社、のちに筑摩書房で文庫化）という本の中で、私は京都についてこう書きました。「まるで、玉葱《たまねぎ》の皮をむくように、京都とはこういう町だというふうに考えると、しばらくしてその一枚下に、いやそうでもない、やはりこうかもしれない、というのがでてくる。そう思っていると、さらにそのまた一枚下に新しい京都の顔が見えてくる。なんともいえない、奥深い、そして謎をたくさん秘めた町だという感じがする」。京都というひとつの町だけでもこの有様ですから、日本という国全体になれば、さらにつかみどころがありません。

日本各地を旅して回り、いくつかの土地では何年か暮らしてみた実感として、たしかに言えることがあるとすれば、それは「日本人にもいろいろいるなぁ」ということです。方言が地方単位ではなく、実際には村の中でも集落ごとに異なるように、日本人というものもひとくくりにはできない。

ご質問の答えにはまったくなっていませんが、「日本とは何か？」という問いに対して自分の実感を言葉にすれば、やはりこういうことになってしまうのです。

当時の最先端の知識、技術、文物を
伝え、日本の都を作り上げたのは、
ほかでもない
外国からやってきた人びとなのです。

問

近年、外国人労働者の受け入れ拡大のニュースが大きな話題となっています。現代の外国人労働者問題、ひいては移民問題をどのように見ていますか？

答

外国人は受け入れるべき。ただし、かつてのように

以前『日本人のこころ1』（講談社、のちに筑摩書房で文庫化）という本の中で、大阪を再生させるためのアイデアとして「より多くの外国人を生活者として積極的に受け入れる」「外国の人たちが過半数を占めていて、そこで生活しているというような環境をつくりだす」と書きました。

そうした考え方は現在でも変わっておらず、日本は外国からどんどん人を受け入れるべきだと思っています。

ただ、私が言うところの外国人の受け入れと、いま、国で議論されている話は、趣旨が根本的に異なります。

歴史を振り返ってみると、かつての日本にとって、外国は先進国であり、外国からやってくる人びとは美術工芸や土木工事の技術を持っていたり、特別な知識や情報を持っている、言うなればエリートでした。

先日、京都の西陣に行く機会があったのですが、あそこの人たちのルーツをたどっていくと、大陸から渡ってきた秦氏《はたうじ》に行き着きます。そのほかの伝統的な文化や産業のほとんども、その源流は大陸半島経由の渡来人にあります。われわれは京都を「日本の古都」「日本の伝統文化が残っているところ」と思いがちですが、当時の最先端の知識、技術、文物を伝え、日本の都を作り上げたのは、ほかでもない外国からやってきた人びとなのです。

いま、日本で議論されている外国人労働者問題は、安価で、単純作業のための労働力をいかに確保するか、ということに主眼がおかれています。その発想は安易だし、どこかに驕《おご》りがあるんじゃないかとも思うのです。

そんな考え方をしているかぎり、国は痩せ衰えていくだけです。今後、日本の人口はどんどん減少します。それに伴って、単純労働に従事する人の数はもちろん、新しいアイデアやテクノロジーで時代を切り拓く先駆的な人の数も減っていきます。

だからこそ、これからの日本に必要なのは、「かつてのように」外国人をどんどん受け入れることではないでしょうか。

国際結婚ももっと広まっていいと思います。

スポーツの世界を見れば、テニスの大坂なおみさんや、陸上のケンブリッジ飛鳥さん、野球のダルビッシュ有さんなど、ハーフやクォーターの選手の活躍が目立ちます。

外国人を、安価な労働力として見るのではなく、異文化を持ち込み、日本という国に刺激を与えてくれる存在として考える。

国も企業も、そんな視点を持って、外国人労働者問題を考えなければならないのではないか。私はそう思うのです。

35 気軽なテクノロジー

新しいカルチャーやテクノロジーに、
自分なりの興味や好奇心で
向き合ってみる。
そんな気軽な感じで付き合えばいい。

問

近年、ＡＩなどテクノロジーの進化が急速に進んでいます。自分たちのようなシニア世代はＩＴリテラシーが低く、居心地の悪い状況に追い込まれていくのではないかと不安です。テクノロジーと、どのように付き合っていくべきでしょうか？

答

まずは自分なりの興味や好奇心で向き合ってみる

世の中の変化は残酷なものです。一部の人がこうあってほしいと願っても、たいていはそうならない。あらゆるものが時代とともにどんどん変わっていき、昔の常識ややり方にとらわれている人はあっという間においていかれます。ＩＴの分野はその最たるものでしょう。

しかし、おいていかれるなら、それはもう仕方がないとも思うのです。無理をしてまで、時代の変化に付き合わなくてもよいのではないでしょうか。

たとえば、私は典型的なアナログ人間です。いまでもパソコンを使っていません。それでも、これまで何とかやってきました。ですから、ITリテラシーが低いだとか、テクノロジーの進化についていけないだとか、そんなことで不安を覚える必要はありません。それに視点を変えれば、ITに疎い高齢者でもテクノロジーの進化を楽しむことができると思うのです。私の場合、それは自動車に対する関心です。私は、自動車を単なる文明の利器、移動の手段としてだけではなく、ある種のカルチャーとして考えてきた世代に属しています。自動車とともに人生を歩んできたといっても過言ではありません。

われわれの世代にとって、車を運転することはマニュアルトランスミッションが常識でしたし、マニュアルで運転することが喜びでした。オートマチックが登場し、そちらが主流になっていく中で「世も末だ」「自動車文化は終わりだ」とさえ思っていたぐらいです。

運転をやめたあとも自動車への深い愛着を持っていた私としては、自動運転の話題が巷に出始めた頃は、ただただ残念な気持ちでいました。われわれ世代が情熱を傾けた自動車文化は過去のものとなり、遠くない将来、消えていってしまうだろうと感じられたからです。

ただ、考え方を少し変えてみると、「自動運転も悪くないんじゃないか」と思えるようになりました。自動運転ならば、ドライバーの能力や感覚の衰えをテクノロジーが補ってくれます。テクノロジーに支えられながら、いまの自分ができる最大限の運転を楽しんでみる。果たして自分にはどこまでできるのか。それを追求するのは、それなりに楽しそうです。

新しい時代が迫ってくると、往々にして古い世代は不安や恐怖感を持つものです。けれど、そんなネガティブな感情を抱く必要はありません。

次々に登場する新しいカルチャーやテクノロジーに対し、とりあえず自分なりの興味や好奇心で向き合ってみる。すると、これまでにはなかった新しい楽しみが見つかるかもしれません。もし楽しみが見出《みいだ》せなかったり、自分に合わないと思ったりしたら使わなければいいだけの話です。そんな気軽な感じで付き合えば、いいのではないでしょうか。

元気に下山

36

雑音は気にせずに

年齢を重ねたら、人との付き合いはどんどん減らしていってもかまわない。

問

仲のよい友人たちと「旅行に行きたい」という話が出るのですが、若い頃と違って経済的な格差があり（自分がもっとも低収入）、なかなか話が進みません。うまくまとめる方法はあるでしょうか？

答

どうしようもない格差はある

格差の問題は難しいですね。格差には、質問者の方がおっしゃるような経済的な格差もあれば、ほかに情報格差や教育格差なんてこともよく言われます。

高齢になれば、健康格差も嫌というほど思い知らされます。たとえば、50歳ぐらいで歯がボロボロになって総入れ歯にしなければならない人がいる一方で、90歳になっても自分の歯で硬い煎餅を平気で食べられる人もいる。

格差の問題が難しいのは、自分の努力でなくせる格差もあれば、どれだけ必死に頑張っても決して是正することができない格差もあることです。

経済的な格差は、比較的埋めやすいと思います。ただ、持って生まれた商才の有無もあるでしょうし、仕事の巡り合わせや相性もあるでしょうから、すべてがすべて自分の力でどうにかできるわけではありません。健康格差に関して言えば、これはもう、どうしようもありません。どれだけ健康に気を遣って生活していても、病気をする人はするし、早くに亡くなる人は亡くなる。逆に、不摂生をしていても、大きな病気もせず、長生きする人もいます。

こうした様々な格差のことを考えると、これまでも繰り返し書いてきたことですが、つくづく「人生とは不条理なものだなあ」と感じます。

経済格差が障害となって友人たちとの旅行がまとまらないのであれば、まずはその格差を埋める努力をするしかありません。懸命に働いて何とか収入を上げるか、もしくはもっとも収入の低い自分に合わせてくれるよう、ほかの方たちにお願いをしてみる。

もしその両方ができなければ、その友人たちとの旅行は諦めるしかありません。

それで友人関係が薄れてしまうようであれば、酷な言い方かもしれませんが、そこまでの縁だったということです。

そもそも私は、年齢を重ねたら、人との付き合いはどんどん減らしていっても構わないと考えています。

付き合いが多いと、どうしても自分と他人を比べる場面も多くなります。相手の過去が気になり、肩書を聞きたくなる。この人はどこの学校を出ているのか、会社ではどこまで出世したのか。年収はどれぐらいなのか。そうした諸々《もろもろ》のことを、どうしても気にしてしまう人もいるでしょう。結果、質問者のように、なかなか埋められない格差に悩み、苦しむことになってしまうのです。

もちろん、人と付き合うことを全面的に否定しているわけではありません。人と会って、一緒に何かをすることが好きな人、人との付き合いにストレスを感じない人は、どんどん外に出ていけばいい。

ただ、独りでいることが苦痛ではなく、そちらの方が居心地がよければ、まわりの雑音なんて気にせずに、独りで気ままに過ごせばいいと思います。

37 見返りを求めない義理

お布施をするとき、
もっとも大事なことは、
施したことに対して感謝や見返りを
求めてはいけない、ということです。

問

60代となり、そろそろ自分もいい歳だと思うのですが、先輩方への義理はいつまで返せばいいのでしょう? 正直、しんどいです。

答

人生の後半は、人とのつながりを切っていく

私自身の経験から言えば、人とのつながりを大事にする生き方は50歳まででいいと思っています。

人生の前半は、友達を作り、仕事仲間を作り、職業に徹して人脈を広げて、社会に寄与するという役割があります。しかし、人生の後半にはそのつながりを少しずつ減らして、むしろ独りでいることに楽しみを見出せるようにする。後半生はそういうことが大切だろうと、個人的には思っています。

私は以前から、年賀状というものは50歳ぐらいをピークにして、それから先はどんどん減っていき、80歳、90歳では2〜3枚になって、最後は一通も来なくなるのが理想だと考えていました。ただ、現実はなかなか思い通りにはいかず、80代半ばを過ぎたいまでも印刷された年賀状が山のように来ます。

人間関係というものは、生きているかぎり、ずるずると増えていきます。また、60歳、70歳になったとしても、社会的な責任を果たさなければならない場面は多々あるでしょう。

ただ、無理をしてまで人と付き合う必要はありません。最低限の責任はきっちりと果たしながらも、もし少しでも身軽になりたいのであれば、自分から人間関係を切っていく必要があると思います。

とはいえ、中には立場上、なかなか人との縁が切れない方もいるかと思います。この質問者の方のように先輩への義理もそうですし、後輩からいろいろ頼みごとをされて面倒を見なければいけない方もいるでしょう。

もしどうしても人のために何かをしなければならないのであれば、嫌々するのではなく、お布施のつもりでやってみたらどうでしょうか。
「布施」とは人に何かを施すことで、仏教ではもっとも大切な仏道修行のひとつとされています。施すものは様々で、お金や衣類などの物資を施すこともあれば、人に教えを説いて聞かせるという布施もあります。前者は「財施」、後者は「法施」と言います。

お布施をするとき、もっとも大事なことは、施したことに対して感謝や見返りを求めてはいけない、ということです。なぜなら、お布施は自らの善根を積むため、すなわち自分の幸せのために行うのであって、相手のためにするわけではないからです。相手はむしろ、お布施という修行をする機会を与えてくれた存在であり、こちらから手を合わせて、「ありがとう」と感謝をしなければなりません。

先輩への義理立ても、後輩の面倒も、できることはしてあげる。それは相手のためではなく、一種のお布施であり、自分のためだと考える。お布施であるから、感謝や見返りも一切求めない。そんな発想を持てれば、少しはしんどさや面倒くささから解放されるのではないでしょうか。

38 歴史の効能

歴史の表舞台には出てこない人びと、
日が当たらない人びとを訪ね歩く。
そうすることが、日本や日本人の
本当の姿を知ることになる。

問

五木さんは以前、著書の中で「過去の痕跡の上にアスファルトを敷いて覆い隠す。それが、戦後の日本がずっとやってきたことなのではないのか」「どんなにつらくても、見るべきものはきちんと見ることが大事だ」と書かれています。いまの日本人が見るべきもの、知っておくべきことは何でしょうか？

答

隠れた歴史を知ることの絶望と希望

このところ満州事変やシベリア出兵に関心があって、関連する文献を集中的に調べています。その中で特に関心を抱かせられたのは、満州事変が起こった１９３１年（昭和６年）に、日本の航空隊によって行われた錦州爆撃です。

われわれは長らく、一般市民を巻き込むような無差別爆撃がはじめて行われたのは、スペイン内戦の最中、１９３７年（昭和12年）にドイツ空軍がスペインの

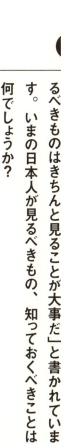

ゲルニカという町に対して行った「ゲルニカ爆撃」だと教えられてきました。

ゲルニカ爆撃によって、町は焼け落ちて廃墟《はいきょ》と化し、多くの一般市民の死傷者が出ました。戦争というものがそこから一変したと言われるぐらいの凄《すさ》まじい爆撃だったそうです。スペイン出身の画家パブロ・ピカソが、その無差別殺人のような爆撃に激しく憤り、傑作「ゲルニカ」を生み出したことは有名な話です。

このゲルニカ爆撃が端緒となり、その後ロンドン、ドレスデン、東京、広島、長崎などで、一般市民を巻き込んだ無差別爆撃の悲劇が繰り返されるようになる。私たちはずっとそう考えていました。

ところが、実際はもうひとつ前にも例があった。それが錦州爆撃です。日本軍が錦州を攻撃したのは、奉天から逃れた張学良《ちょうがくりょう》が錦州に潜伏していると言われていたためです。この錦州爆撃に対する世界の反響は大変なもので、国際連盟はあたかも雷に打たれたように震撼《しんかん》した、という報告もあります。軍需工場でも要塞でもない、一般の市民が住んでいるところを無警告・無差別に爆撃して、多大な被害を与えた。世界中がそのことを問題視したのは言うまでもありません。

ゲルニカ爆撃に何年も先立って、錦州爆撃という攻撃が満州事変の際に日本軍によって行われていた。そして、それは世界ではじめての一般市民を巻き込んだ無差別爆撃だった。

戦後70年以上経って、はじめてそんな事実を知るのは、私自身も実に怠慢だったわけですが、やはり日本という国の事なかれ主義も強く感じました。

近代史を知れば知るほど、日本という国家や日本人について絶望したくなるような事実に直面します。シベリア出兵も、あれを「戦争」と言わずに「出兵」と言ったところにすでにごまかしがあるわけです。シベリア出兵で何が行われたか。そこには目を背けたくなる出来事が実に多い。だからこそ、日本の近代史では軽く扱われているのかもしれません。

隠された歴史を知る効用

こうして覆い隠された歴史を知ることは大変つらいことなのですが、一方でポジティブな面もあります。

質問者の方が引用してくれたのは、『日本人のこころ4』（講談社、のちに筑摩書房で文庫化）の一節です。この『日本人のこころ』シリーズは、日本全国を旅しながら、歴史の表舞台には出てこない人びと、歴史の細かい襞《ひだ》に隠れて日が当たらないままになっている人びとを訪ね歩くという側面がありました。そうすることが、日本や日本人の本当の姿を知ることになる。当時の私はそう考えていたのです。

そのシリーズの中で、私は九州南部の「隠れ念仏」の人びとについて書きました。中世のころ、北陸の加賀国では一向一揆《いっこういっき》が起きて、「百姓の持ちたる国」と言われた宗教共和国みたいなものができました。この加賀の一向一揆のことを伝え聞いた諸国の大名たちは、慄然《りつぜん》として震え上がります。自分の国でそんな一揆を起こされたら、自分たちの支配体制が揺らいでしまうからです。

そこで九州の南部、かつての薩摩藩では念仏を禁教にして、一向門徒に対して激しい弾圧を行いました。その弾圧は凄惨を極め、門徒を見つけては拷問して転宗を強いて、拒否する者はことごとく打ち首にしたそうです。男女14人の門徒がまとまって入水自殺《じゅすい》したといわれる「十四人淵《じゅうよったりぶち》」という場所があったり、「血吹き涙の三百年」という歌詞が出てくる「かくれ念仏音頭」も残っています。

そんな過酷な弾圧に晒《さら》されながらも、一向門徒たちはひそかに信仰を守り続けました。表向きは神道の霧島講なんて看板を掲げながら、実はこっそりと神棚の後ろに仏壇を置いて、念仏の本尊を隠している人もいました。その教えはいっさい文書によらず、暗唱、暗記して、口伝《くでん》したそうです。

隠れ念仏に加わっていた人びとは、農民や町人、商人や下級武士など、身分の高くない人びとです。そんな普通の人たちが、何百年もの弾圧の嵐に耐え続け、信仰を守り続ける。その歴史を知ったとき、私は心が震える思いがしたのです。

九州における潜伏キリシタンの信仰と弾圧の話は、遠藤周作《えんどうしゅうさく》さんが『沈黙』という小説で書いたこともあり、多くの人が知るところです。一方、隠れ念仏の話は、学校でもほとんど教えられませんし、日本人でも知っている人は多くありません。

しかし、そうした市井の人びとの物語を知ると、日本や日本人も捨てたものではないという、信頼感みたいな気持ちが自然に湧き起こってきます。それも隠れた歴史を知ることの効能のひとつだと思います。

第5章

生きること、死ぬこと

元気に下山

39

最期は自分の意志

せめて世を去るときぐらいは
自分の意志で気持ちよく往《ゆ》きたい。
その方法のひとつとして、
安楽死や尊厳死があってもいい。

問

安楽死や尊厳死について、日本では様々な議論がなされていますが、五木さんのお考えをお聞かせください。

答

最期ぐらいは自分の意志で、とは思うが……

人は、生まれてくるときは、自分の意志や判断で生まれる時代や場所、環境を選ぶことができません。ですから、死ぬときぐらいは自分の意志で主体的に、というのが私の基本的な考えです。

たとえば、高齢になって重い病気を患い、治療を続ければ延命はできるかもしれないが、それには激しい苦痛を伴う。そんなときは本人と医者が相談の上で、痛み止めとして投与しているモルヒネの量を増やして、ゆっくりと死に向かっていく。そんな死に方が、ひとつの理想のイメージとしてある。ただ、それを法律として制度化できるかと言えば、極めて難しいだろうなとも思います。

人の死について考えるとき、いつも思い出すのが『うらやましい死にかた』（文藝春秋、のちに同社より完本刊行）という本です。全国から市井の人びとの死に関する投稿を募集したところ、８０４通もの応募がありました。本にはそのうちの40編を選んで掲載したのですが、そのどれもが感動的で、私自身、読みながら何度も涙しました。

病床にあって最期まで周囲への気遣いを忘れず、念仏をとなえながら静かに息を引き取った人。

嘆き悲しむ家族を叱咤《しった》し、「泣くな。わしは浄土へ往くぞ」と息絶えた人。饅《まん》頭《じゅう》を山のように平らげて死んでいった人。

今際《いまわ》のときにいきなり「この世でこんなにめでたいことはない」と唄い出し、枕元に集まった親族を驚かせた人。

どの方の最期も本当に見事な死にざまで、本のタイトル通り、「私もこんな死に方ができれば」とうらやましく思いました。

ただ、「最期はこうありたい」という理想の死に方は、どれだけ準備や努力を重ねても、なかなか思い通りには実現できないのが現実です。

高齢者の死を考えるとき、避けては通れないのが、認知症の問題です。認知症になってしまえば、自分の意志も希望も曖昧になってしまい、それまでにどれだけ死に対する心構えや準備をしてきてもすべて吹き飛んでしまいます。認知症は、死そのものよりも、悲劇だと言えます。

自分の死に方について考えるときには、同時に自分の知性、すなわち思考力や判断力をどれだけ正常に保っていられるか、その方法についても考えておかなければなりません。

理想は、最期の瞬間まで明瞭な意識を持ち続けることです。できれば死に方は自分で選びたい。その方法のひとつとして、安楽死や尊厳死があってもいい。

ただ、認知症のことを考えると、「自分の望み通りの死に方」なんてものは幻想であり、それを望むことは傲慢なことではないか、とも思ってしまうのです。

40 信じる力

人間に歩き続ける
希望を与えてくれるもの。
それが宗教や信仰の力だと
私は思います。

問

日本人の多くは無宗教だと言われますが、信仰を持つ人と持たない人では、老後の生活への向き合い方に違いが出るものでしょうか？

答

信仰は、暗闇の中の月の光のようなもの

違いはあると思います。人生とは不条理なものです。こうありたいと願っても、努力をしても、たいていは思い通りになりません。生まれたときからお金持ちの人もいれば、どれだけ苦労を重ねても貧乏な人もいます。走るのが速い人もいれば、遅い人もいる。容姿に恵まれた人もいれば、そうでない人もいる。

歳を重ねれば、さらに多くの不条理と向き合うことになるでしょう。なぜ自分は大病を患わなければならなかったのか。なぜ自分より先に親しい誰かが亡くな

らなければならなかったのか。老いや病の苦痛、経済的な不安。もう目前に迫っている死への恐怖もあるでしょう。

信仰を持ったからといって、生活が楽になったり、病気が治ったりすることはありません。なぜなら、宗教は現実に対する教えではないからです。

では、宗教や信仰には、どんな意味があるのか。それは、人生の不条理という重い荷物に押しつぶされて、こんな人生もう嫌だと途中で投げ出したくなったり、歩くのをやめて座り込みたくなったとき、人間に歩き続ける希望を与えてくれること。それが宗教や信仰の力かもしれないと私は思います。

たとえるならば、暗闇の中の月の光。あるいは、遠くに見える人家の明かり、のようなものでしょうか。

私がまだ子供だった頃、両親の住んでいる村から、夜、山を越えて隣の村へとお使いに出たことがありました。電灯も何もない漆黒の山道というのは、大人でも恐ろしいものです。崖の下は暗く、道は細い。しかも、途中で提灯《ちょうちん》の灯が消えてしまいました。私は歩きながら、怖くて何度も足がすくみそうになりました。

そのとき、雲の間から月の光が射し込んできて、一瞬、足もとを照らしてくれました。そのおかげで道が見え、私は進んでいくことができたのです。やがて遠くに、めざす集落の明かりが見えてきました。すると、それまではクタクタに疲れ果てていたのに、集落の明かりに向かって頑張って歩いていこうという気力がどこからともなく湧いてきたのです。

月の光や集落の明かりによって、荷物が軽くなったわけではありません。目的地への距離も近づいていません。現実は何も変わってはいないのです。それでも、先ほどまでは闇の中で恐怖に怯《おび》えて、足がすくんで動けなかったのが、この道を行けばいいという安心感と、あそこまで行けばいいのだという目的地までの道筋に励まされて、歩いていくことができるようになりました。

それと同じように、信仰や宗教も人生の苦しみを軽減したり、取り除いてくれるわけではありません。けれども、信仰を持つことで、苦しみや不安を抱えながらも、何とか歩き続けるエネルギーを与えてもらうことはできるのでは、と考えています。

元気に下山 41

生きる意味はある

相手のことを
思いやる気持ちを持つだけで、
あなたは誰かの役に立っている。

問

十分な老後の蓄えもないまま、脳内出血で倒れて障がい者になってしまいました。自分で働いて人や社会の役に立つこともできず、まわりの人に迷惑をかけるしかない私に、生きる意味はあるのでしょうか？

答

どんな人でも「無財《むざい》の七施《しちせ》」はできる

この質問者の方は「自分にはできることは何もない」と思っているようですが、そんなことはありません。

仏教の教えのひとつに「無財の七施」という布施行があります。

布施行とは、他人に自分の財物を施したり、その人のためになるような教えを説くことで、自分自身の善根を積む修行です。では、施す財物もなく、教える智《ち》慧《え》もない人は、布施を行うことができないのでしょうか。仏教では「できる」と教えています。それが「無財の七施」であり、その言葉の通り、財がなくても実践できる7つのお布施という意味です。「眼施《がんせ》」「和顔施《わげんせ》」「言施《ごんせ》」「身施《しんせ》」「心施《しんせ》」「牀座施《しょうざせ》」「房舎施《ぼうしゃせ》」という7つの方法があるといわれます。

眼施とは、まわりの人に対してやさしい眼を向けること。和顔施とは、和やかな表情で人と接することです。あなたが誰かと相対したとき、慈しみに満ちた眼差しで見つめてあげたり、ニコッと笑いかけてあげれば、その相手はきっと温かで幸せな心持ちになるでしょう。それだけで十分なお布施になっているのです。言施は、人に言葉をかけて、励ましてあげたり、安心を与えてあげることです。面白い話をして笑わせてあげることも、言施のひとつだと言えます。

もし重い病気にかかって体の自由が利かず、人に介護されているような状態でも、家族やヘルパーさんに何かをしてもらったときに「ありがとう」とお礼を言ったり、にっこりと笑顔を返してあげることはできると思います。

また、心施とは、人のために心配りや気配りをしたり、何かあったときに相手と一緒に喜んであげたり、悲しんであげたりすることを指します。どれだけ体が不自由でも、心のあり方は自由にできます。相手のことを思いやる気持ちを持つだけで、あなたは誰かの役に立っていると言えるのです。

私の知り合いにも、それまで生きてきていろいろとつらい経験をしたために、「自分のような人間がこの世の中に生きていていいんだろうか」とひどく悩んでいる女性がいました。その悩みに対して私が言ったのが、「きれいに化粧をして、毎日街をぶらぶら歩きなさい」ということでした。

実はその女性はとても容姿端麗で、街を歩いていれば、人から顧みられるような美しい顔立ちをしていました。その女性が化粧をして街をぶらぶらしていれば、きっとすれ違った人たちは「さっきの女の人、きれいだったな」と、心に温かな春風が吹くような幸せな気持ちになるのではないか。それだって「無財の七施」ではないか。そう考えてのアドバイスでした。

人は、思い通りにならない人生の不条理、どうしようもない苦しみに直面したとき、「果たして生きる意味はあるんだろうか？」と思い悩むことがあります。しかし、仏教では「ある」と教えていますし、私自身も「ある」と信じています。

42 引き揚げ体験

「あのときに比べれば」
という物差しがあることは、
ありがたいことなのかもしれません。

問

ご著書を拝読すると、人生を達観されて、悩みなく生きていらっしゃるような印象を持ちます。体のことや生活のことで不安や悩みはありますか？　もしあるならば、それはどんな悩みで、日々どのように向き合っていますか？

答

悲観や諦めも悪くはない

いまのいちばんの悩みは、脚の痛みや前立腺の肥大などフィジカルな問題ですね。「80歳を過ぎると8つの病気がある」と言われますが、私の場合、自覚しているものだけで5つあります。それらに日々どう対応していこうかということが、差し当たっての悩みの種でしょうか。

「人生を達観」とおっしゃっていただきましたが、そんなことはまったくありません。私の書いたものや話したことがそのような印象を与えているとすれば、それはきっと10代の頃に日本の敗戦を外地で経験したからだと思います。

私の人生観や人間観は、敗戦によってある方向に決定づけられてしまいました。人間は不自然でダメな存在であり、人生は不条理で決して思い通りにはならない。そんな悲観的な考えが私の心を占め、それは、いまなお変わっていません。

ただ、悲観的であったり、「人生、思い通りにならない」と諦めの気持ちを持つことは、必ずしも悪いことばかりではないと思うのです。

たとえば、地方へ泊まりがけで講演に行くとき、宿はたいてい講演の主催者が手配してくれるのですが、ときどき駅前の古ぼけたビジネスホテルに案内されることがあります。まるで独房のような狭い部屋に入った瞬間、「なんでこんな部屋に」と一瞬ムッとした気持ちも湧きあがってくるのですが、その直後には「部屋は狭いけど、シーツは清潔だし、風呂はなくてもシャワーはあるし、悪くはないか」と思い直せます。小さいテレビもあるし、冷蔵庫まである。そしてすぐに居心地のいい気分になる。それは私の記憶に、戦後の引き揚げのとき、難民キャンプのようなところで暮らした経験が刻まれているからです。

以前、北山修さんと対談したとき、「ぼくは五木さんが羨ましい」と言われました。敗戦を経験した戦前・戦中世代は、飢えて、涙を流しながら物を食べた経験がある。北山さんたち戦後世代はそういう体験をしたことがない。「だから、羨ましいんです」とのことでした。

たしかに、「あのときに比べれば」という物差しがあることは、ありがたいことなのかもしれません。特に、不自由なこと、不便なことがどんどん増えていく老年期を生きる上では役に立っています。

もちろん、敗戦と引き揚げ、その後の日本での暮らしでは、想像を絶する辛酸を嘗《な》めてきました。私よりもひと世代上の方たちは、軍隊で上官に殴られたり、戦場に送られて、人間性を無視するようなひどい仕打ちを受けてきたはずです。

戦後世代の方たちはそういう経験をしないで済んでいるという点では幸せなのでしょう。しかし一方で、「あのときに比べれば」という物差しがないゆえに、いまの自分が置かれている状況に対して不満や不自由さを強く感じてしまうのかもしれませんね。

43 死後の世界

あの世で
浄土に迎えられると思えれば、
いまを生きることはつらくても、
喜んで死んでいけるのか？

問

私は、死後の世界はあると思っています。あると思って生きた方が、人間らしく、日本人らしく生きられるように思うからです。死後の世界について、五木さんはどのようにお考えですか？

答

「後生《ごしょう》」を信じた方が幸せになれる

死後の世界のことを、昔の人は「後生《ごしょう》」と呼んでいました。お年寄りが「後生はお寺さんにお任せ」と言って、毎日お寺参りをしながら後半生を安心して過ごしていた時代がかつてはありました。ただ、いまはそうした死生観は強くありません。

以前、釈徹宗《しゃくてっしゅう》さんという真宗系の若い大学教授の方と対談させていただいたとき、意見が一致したのが「いまは『死後の世界』という思想がなくなった」ということです。

以前、検事総長を務めた伊藤栄樹《しげき》さんが書いた『人は死ねばゴミになる』（新潮社、のちに小学館文庫）というセンセーショナルなタイトルの本が大きな話題となりました。人が死んだあとにはただの物質、ホコリと同じようなものが残るだけ。死の向こうに死者の世界はない。伊藤さんはそう書いています。

でも、私は、「後生はある」と考えた方が幸せなんじゃないかと思うこともあるのです。私のように80代も半ばを過ぎると、同時代を生きた作家仲間たちの多くはすでに鬼籍に入っています。「いろんな人たちがいなくなって、寂しいでしょう？」なんてこともよく聞かれますが、そんなときはたいてい「いずれ私もあっちに行きますから、向こうで会いますよ」と答えます。そんな返答をするのも、無意識のうちに後生があると信じているからなんでしょう。

宗教が語るのも、いま生きている現世ではなく、後生のことです。「往生」とは、極楽浄土に「往《い》」きて「生《い》」きることであり、死後の世界に行くことを意味します。キリスト教でもイスラム教でも、死者は天国または地獄に行きます。

アメリカの哲学者ウィリアム・ジェームズはこんなことを言っています。

「宗教はシックマインドの人のために必要であり、ヘルシーマインドの人には必要ないものだ」

人間、若い頃は心身ともに元気ですが、歳を重ねていけば大小何らかの病気が必ず現れてきます。老いも病も逃れられない運命です。つまり、人間は誰しもシックマインドになる可能性があり、そこで必要になってくるのが宗教であり、信仰なのかもしれません。ジェームズが言うように、心身ともに健康なヘルシーマインドの人は、宗教も死後の世界も必要としないでしょう。彼らはそんなものがなくても、十分に幸せに生きていけると思っているからです。

ただ、世の中には、宗教や死後の世界の存在によって救われる人がいることも事実です。特にこの世でつらく苦しい思いをしてきた人にとって、あの世で浄土に迎えられると思えれば、今を生きることはつらくても、喜んで死んでいける。

そう考えると、質問者の方がおっしゃるように、やはり後生という考えはすごく大事なことだなと思うのです。

44

死の練習

死を想像することに努めたら、
生き方が変わった。
明日も生きていられる
保証はどこにもない。
いまを生きたいように生きよう、と。

問

五木先生にとって、理想の死に方とは？　また、そんな理想の最期を迎えるため、日々心がけていることはありますか？

答

痛みのない死が理想

理想の死に方は、できるだけ痛みなく死ぬことでしょうか。

延命処置のために何本もの管を体につけて、スパゲッティ状態になって病院のベッドに横たわっているのは、かなりの苦痛だと思います。実際、人工呼吸器を装着する現場に立ち会ったことがありますが、喉から出血しているにもかかわらず、無理やりに押し込んだりして、見ているだけでつらくなりました。本人にはすでに意識がなく、呼吸器の装着は家族の意向だったものの、そんなかたちで延命をしても本人の苦しみが増すだけではないかと感じました。

昔の中国では、ある年齢に達すると自らアヘン窟に行く老人が数多くいたそうです。アヘンをずっと吸っていると、徐々に食欲がなくなり、枯れるように死んでいきます。それは苦痛に満ちた死というより、羽化登仙《うかとうせん》といいますか、うっとりと陶酔感に浸りながら気持ちよく死んでいくらしい。

アヘン窟というと、どちらかと言えばマイナスのイメージですが、視点を変えれば、老人が自らの意志で苦痛なく死を迎えるための場所、いわゆる尊厳死のための憩いの施設だったとも言えます。痛みがないという意味では、そんな死に方も悪くはないと思ってしまいます。

では、理想の死を迎えるために日々どんなことを心がけているのかと言えば、痛みについては何もできていません。自分が死を迎えるとき、どんな痛みを抱えているのか。またそれが数日続くのか、それとも何カ月にもわたって続くのか。いまの時点ではわかりようがないですから。

死ぬための準備というのは、なかなか難しい。ただ、60歳を過ぎた頃から、自分の死を強く意識しようと努力はしてきました。

「メメント・モリ（死を想え）」。そんな言葉を刻んだ大理石の置物を机の上に飾り、朝夕眺めたのはルネサンス期のイタリアの知識人たちでした。

同じように私も、日夜自分が死んだときのことを想像し、自分の死と向き合ってきました。医者から死を宣告されたとき、果たして自分はどう反応するだろうか。あるいは、急な病気や事故で突然にこの世を去ってしまうのか。実際に自分がどのような死に方をするのかはわかりません。でも、死の練習、というと大げさに聞こえるかもしれませんが、死を想像することを努めて行ってきました。

それによって何が変わったか。いちばんは、生への向き合い方です。夜寝る前、今日一日とにかく生きることができて幸せだったと、感謝する気持ちが自然と湧いてくるようになりました。また、明日も生きていられる保証はどこにもないため、いまを生きたいように生きよう。そう強く思うようにもなりました。

そうやって、まずは「いま」、そして「今日一日」を大事に生きられるようになれば、最期のときも不安や後悔なく死ぬことができるかもしれません。

45 生きるのが怖い

死ぬのはたいして怖くはない。
それよりも、
生き続けることの方が
不安だし、恐ろしい。

問

50代の男性です。ニュースを見ていると、仕事のストレスや日頃の不摂生が原因なのか、同世代で突然死する人が多くいます。同世代のニュースや訃報に接するたびに、自分が死ぬのが怖くなります。死の恐怖や不安を鎮めることはできるのでしょうか？

答

これからは「死の恐怖」より「生の恐怖」

自分の死を恐れる人は多いと思います。その恐怖や不安を多少でも消すには、死というものをしっかりと見つめる必要があります。

たとえば、なぜ自分は死を恐れているのか、その理由を考えてみる。学問的に、死について考えてみるのもいいかもしれません。昔の人たちはどのように死と向き合い、最期のときを迎えていたのか。宗教は死についてどんなことを語ってきたのか。そういったことを本などで調べてみるのです。

死にかぎらず、人間は自分が恐れるもの、不安に思うものを遠ざけたり、目をつぶって見ないようにします。でも、そうやって遠ざけたところで、不安や恐怖が消えることはありません。むしろ、不安や恐怖を抱く対象と正面から向き合ってみる。そうした方が気持ちは楽になるような気がします。

われわれ人間は何かに対するとき、たいていは先入観や感情が先立ってしまい、その対象を正しく見ることができていません。そのために、余計な恐怖や不安も生まれてしまう。しかし、目をそらさず、正しく向き合えば、その対象のありようを客観的かつ合理的に見ることができ、余計な感情を抱くこともなくなる。自分の死に対しても、同じことが言えます。

ただ、この質問者の方は「死ぬのが怖い」とおっしゃっていますが、すでに80代となった私の実感から言わせてもらえば、これからの時代は「死の恐怖」よりも「生の恐怖」の方が大きくなるのではないかと思うのです。

日本人の平均寿命は年々延びて、2017年時点で男性は81・09歳、女性は87・26歳と言われています。現時点でも50歳以降の人生が30年以上もあり、今後はさらに長くなっていくでしょう。

一般に定年退職後には最低限3000万〜5000万円の貯金が必要だと言われています。しかし、すべての高齢者がその基準を満たしているわけではは当然ありません。それに仮に数千万円の貯蓄があったとしても、大きな病気をすれば、あっという間にお金は消えていきます。つまり、長く生きれば生きるほど、まず「経済（お金）の恐怖」に直面せざるを得なくなるということです。

また、体は健康で長生きできたとしても、認知症になる可能性は十分にあり得ます。認知症というのは人それぞれで、記憶が曖昧になったり、徘徊《はいかい》したりはまだましで、中には介護してくれる人に暴力を振るったり、自分の糞便を壁に投げつけたりする人もいます。人格が崩壊し、暴力行為や乱暴な物言いを自分もするかもしれないと想像すると、それはすごく恐ろしいことです。そうした「認知症の恐怖」も、生の恐怖のひとつですね。

死ぬのはたいして怖くはない。それよりも、生き続けることの方が不安だし、恐ろしい。これからはそんな時代になっていくのではないでしょうか。

46

幸福な死

自己の死を肯定し、
憩いの場所へおもむく安心感に
満たされてこの世を去れたら、
幸福な一生と言えるのではないか。

問

今の社会は利益追求と競争ばかりで殺伐としている気がします。人が幸せを感じる生き方は、その真逆にあると思いますが、五木さんはどう思われますか？

答

幸せな生き方とは、すなわち幸せな死に方

「恒産なくして恒心なし」という言葉があるように、それなりの財産がなければ、心を安らかな状態に保って、他人のことを思いやることもできないという考え方もあります。ですので、利益を追求することを、一概に悪いことだと決めつけることはできません。

ただ、経済的に満たされていれば、人は幸せかと言えば、それもまた違う。生きる上で、お金はある程度は必要です。しかし、幸せな人生の絶対条件ではない。

では、人はどのようなときに幸せを感じるのか。

ひとつには、自分が抱える「飢え」が満たされたときだと思います。

ひとくちに飢えと言っても、その内容は様々です。ひどく腹を空かせている人は、やはり食べ物をお腹いっぱいに食べることで幸せを感じるはずです。同じように、経済的に貧しい人は十分なお金を得ることで、孤独に苛《さいな》まれている人は寄り添ってくれる誰かがいることで、幸福感を得られるのだと思います。

どれだけ豊かな生活を送っていたとしても、自分にとっての飢餓感が満たされていなければ、人は幸せを感じることができないでしょう。

ただ、どれだけ必死に求めても、得られないものもあります。

そのひとつが健康です。70歳、80歳になっても病気ひとつせず、元気に暮らしている人もいれば、若くして大病を患ったり、障がいを抱えて大変な苦労をしている人もいます。そうした健康格差とでもいうべきものは、どれだけ医療が進歩しても、国の社会保障制度が充実しても、解決はできない。生まれ持った運命として、諦めるしかない。つらいことですが、人生とは不条理なものなのです。

また、幸せな生き方を求めるのであれば、幸せな死に方についても考えていかなければなりません。「いかに生きるか」は、すなわち「いかに死ぬか」です。

生きていくことは本当に大変です。ときには幸せを感じたり、満たされた気持ちになることもあるでしょうが、やはり苦しみの方が圧倒的に多い。歳を重ね、老年期になれば、老いと病の苦しみが怒濤《どとう》のごとく押し寄せてきます。

そうであるならば、せめて世を去るときぐらいは気持ちよく往きたい。人生の最期の幕を安らかに引くことが、幸福な人生を生きたと実感できる鍵になるのではないかと、私はずっと思ってきました。

では、幸せな死に方とは、どんな死に方なのか？

程度の差こそあれ、きっと肉体的な苦痛は避けられないでしょう。自分の一生を振り返ったとき、後悔がひとつもないという人も稀だと思います。

痛みもある。悔いもある。それでもなお自己の死を肯定し、憩いの場所へおもむく安心感に満たされてこの世を去れたら、それは幸福な一生だったと言えるのではないでしょうか。

47 殺人の動機

自分が生きている理由が
見つからない人は、
他者の生を
認めることができません。

問

メディアでは陰うつな事件が数多く報道されています。そのような時代に、生きることの意味や生きる希望を、どのように下の世代に伝えていけばいいのでしょうか？

答

日々の振る舞いで示すしかない

難しい質問ですね。この10年ぐらい、私が強く感じているのは、「人の命がこれほど軽くなった時代は、これまでになかったのではないか」ということです。

90年代の終わり頃だったでしょうか、筑紫哲也さんがキャスターを務めるニュース番組『NEWS23』の中で、ある若者が「なぜ人を殺してはいけないのか、わからない」と発言しました。そのとき筑紫さんをはじめ、スタジオにいた出演者たちがみな、この質問に答えられずに絶句していた様子を、いまでも覚えています。

当時は、神戸で児童連続殺傷事件、いわゆる酒鬼薔薇聖斗事件が起こった頃で、メディアでは「なぜ10代の少年があのような猟奇的な犯罪を起こしたのか」ということが盛んに議論されていました。

作家の柳美里《ゆうみり》さんは、この少年犯罪に大変な衝撃を受けて、『ゴールドラッシュ』という小説を発表しました。横浜黄金町を舞台に、「14歳」の少年がパチンコ店経営者の父を殺害するという内容の作品は、神戸の事件への彼女なりの向き合い方だったのだと思います。

その後、少年犯罪にかぎらず、こうした殺人事件はどうなったのか。日本社会のありようは少しはましになったのか。

残念ながら、いまは、当時に比べてもっとひどくなっているのではないかと思います。新聞やテレビでは、ひっきりなしに凄惨なニュースが報道されます。その中には、まだ10代の若者が犯した事件もあれば、年端のゆかぬ子供を親が虐待して死に至らしめる事件もあります。多くの人でごった返す場所に車で突っ込んだり、刃物で手当たり次第に切りつけたりする、無差別殺傷事件もあとを絶ちません。

たしかに昔から人間は、戦争や人殺しを繰り返してきました。人間は変わっていない、とも言えなくもない。しかし、それでもいまはおかしな時代になってしまったと思えてならないのです。

殺すこと自体が目的の殺人

なぜ人を殺してはいけないのか？　その問いが発せられるということは、人を殺すのには形而上《けいじじょう》学的な理由づけが必要だということの裏返しです。

金を奪うため、あるいは恨みや憎しみのあげく、という殺人は違います。その目的は、殺人を伴わずとも達せられるからです。仮に被害者がおとなしく金を差し出したり、言うことを聞けば、殺す必要はありません。また、憎い相手に死以上の苦痛や刑罰を与えることができるならば、それで目的は達せられます。

ところが、形而上学的な殺人はそうではない。なぜなら、殺すこと自体が目的だからです。無差別殺人の犯人がよく口にする「誰でもよかった」「むしゃくしゃしたから」というのは、まさにその典型でしょう。

そんな形而上学的な殺人が蔓延する時代に、生きることの意味や価値をどのように下の世代に伝えればいいのか。

正直に言えば、私自身も明確な答えを持ち合わせていません。ひとつだけ言えるとしたら、生きる意味や価値を伝えることも「目に見えない相続」（142ページ参照）なのではないか、ということです。

繰り返しになりますが、「目に見えない相続」とは、人が知らず知らずのうちに親から受け継ぎ、そして次の世代の子供たちへと引き継いでいくものです。それは前述したような、魚の食べ方や筑後弁のような方言、話し方だけではありません。命の尊さという価値観や人生の意味についての考え方もまた、私たちは前の世代から知らず知らずに相続しているのです。

周囲の人びとから私たちは目に見えない相続をしている。それは逆に言えば、私たちの日々の振る舞いや生き様は、周囲の人びとや次の世代へと伝わっていくということなのです。

次の世代に命の大切さを相続する

自分がまわりの人たちに対してどのように接しているか。もしくは、自分自身の人生をどのように生きているか。そうした日々の振る舞いを通じて、自分なりに命を大事にするということを伝えていく。

自分が生きている理由が見つからない人は、他者の生を認めることができません。逆に言えば、自分が生きている理由がわかっていれば、他者の生もおのずと認められるはずです。

上から下に教えるとか、引き継がせるとかいうことではなく、生き方として示す。上の世代が自己や他者の生を大切にする姿を見せることで、下の世代も知らず知らずのうちに何かを感じ取り、相続していくのではないでしょうか。

48 人間という奇跡

この世に生を受け、成長し、
50年、60年と生き続ける。それは
多大な恩恵のもとで成り立つ奇跡
のような出来事なのではないか。

問

五木さんは、著書の中で「人生の不条理」や「生きることの苦しみ」について書きながら、一方で「人は生きているだけで価値がある」「無意味な人生などない」と力強くおっしゃってきました。その肯定感はどこからきているのでしょうか？

答

忘れられない、一本のライ麦の話

人間が生きているということは、本人の意志や努力とは関係なく、ものすごく大きな力が働いているものだと思います。

ずいぶん前になりますが、瀧本敦さんの著書『ヒマワリはなぜ東を向くか』（中公新書）という本を読みました。その中に書かれていたエピソードのひとつが、私の心に鮮烈な印象を与えてくれ、いまも色あせることなく残っています。

それは一本のライ麦の苗の話です。

アメリカの大学である実験が行われました。幅30センチ四方、深さ56センチの植木鉢に一本のライ麦の苗を植えます。その後、水だけを与えて4カ月育てたところで、鉢を壊して、土を振るい落として、どれだけの根が鉢の中に張り巡らされていたか、その長さを測ってみました。すると、驚くべき結果が出ました。顕微鏡でなければ見えないような微細な根毛まで正確にカウントしていくと、その総延長はなんと1万1200キロもの長さに達していたのです。

たった一本の苗を生かすために、1万キロ以上の根が伸び、土の中から水分や栄養分を吸い上げる。その気の遠くなるような生命の営みに、私はあらためて「生きるということは、なんてすごいことなんだ」と思い知らされました。

一本のライ麦でさえそうなのですから、人間はもっと大変です。

一人の人間が生きるために、いったいどれだけの目に見えない根がこの世界に張り巡らされ、支えを受けているのか。ライ麦に比べて、人間の体は大きく、そして複雑です。生命を支えるには、食べ物、空気、水などの物質的なものだけではなく、愛情や希望など精神的なものも必要です。

この世に生き続けることの奇跡

この世に生を受け、成長し、50年、60年と生き続ける。それは想像もつかない多大な恩恵のもとに成り立っている、奇跡のような出来事なのではないか。自然とそう考えるようになっていました。

たしかに、人生は不条理です。埋められない格差もあります。80歳まで元気に生きられる人もいれば、10代、20代で夭折《ようせつ》する人もいる。事業を起こして成功する人もいれば、何をやっても上手くいかない人もいます。才能にあふれている人もいれば、自分には何もないと感じている人もいるでしょう。

特にいまの時代は、まわりの評価や他人との比較を気にする人が多いように思います。そんな人は、他人と比べてどこか勝っていることがなければ、あるいは周囲からの評価を得られなければ、「自分には価値がない」と思い込んでしまう。

でも、私は、名もなき一人の人間のままでもいいじゃないか、と思うのです。

成功しようと失敗しようと、満足しようと絶望しようと、とりあえず今日まで生きてきたし、そしていまを生き、明日も何とか生きようとしている。

他人と比べて勝っていることもなければ、誇るべきこともない。それでも、ただ生きているだけで価値があるんだ、と私は言いたいのです。

人身受け難し

『三帰依文《さんきえもん》』の中に「人身受け難し、いますでに受く」という言葉があります。仏教の六道輪廻《ろくどうりんね》の考え方では、地獄・餓鬼・畜生・修羅・人・天の6つの種類が定められていますが、人として生まれてくることすら、大変に困難なことだと考えられているわけです。本当は犬や猫、馬や牛として生まれたかもしれない。修羅に生まれついたかもしれない。しかし、私は現に人として生まれ、生きている。何でもないことのように思えて、実は人として生まれたということだけでも、それは大変なこと、有り難いことなのです。

元来、「人身受け難し」の教えは、仏法を聞いて、仏と成り、もう二度と生まれ変わらないようにしなさい、という教えです。次にどこに生まれ変わるのか、不安や恐怖があるならば、それを糧にバネとして、仏道を実践する努力をしなさいということです。視点を変えてみれば、人間一人の存在というものは、途方もない努力の結果によって、ここにあるということなのではないでしょうか。その考え方は、仏教だけでなく、すべての世界に通用する思想のように思われます。

一人の人間の命は、目には見えない途方もない努力によって支えられています。どんな生き方をしていようとも、まず生きていること自体が奇跡である。そんな考え方は昔からずっと変わっていません。

ここまでいろいろな質問に答えてきました。様々な問いかけをいただいた中で、考え、応じた答えをあらためて振り返ってみると、結局、自分は何もわかっていない、ということを思い知らされただけでした。でも、考えただけでもよかった、といまは思っています。

ありがとうございました。

参考文献

『情の力』（講談社）、『天命』（東京書籍）、『大河の一滴』『元気』『林住期』『下山の思想』『健康という病』（以上、幻冬舎）、『遊行の門』（徳間書店）、『気の発見』（学研パブリッシング）、『日本幻論　漂泊者のこころ』『隠された日本　中国・関東　サンカの民と被差別の世界』『隠された日本　大阪・京都　宗教都市と前衛都市』（以上、筑摩書房）、『玄冬の門』（ベストセラーズ）、『無意味な人生など、ひとつもない』（PHP研究所）、『百歳人生を生きるヒント』（日本経済新聞出版社）、『孤独のすすめ』（中央公論新社）、『デラシネの時代』（KADOKAWA）、『七〇歳年下の君たちへ』『人間の覚悟』（以上、新潮社）

著者紹介

五木寛之

（いつき ひろゆき）

1932年（昭和7年）福岡県生まれ。作家。早稲田大学露文科中退後、編集者などを経て『蒼ざめた馬を見よ』で直木賞、『青春の門 筑豊篇』他で吉川英治文学賞を受賞。『親鸞』で毎日出版文化賞特別賞を受賞。『風に吹かれて』『戒厳令の夜』『風の王国』『大河の一滴』『他力』『人間の覚悟』など著書多数。

元気に下山
毎日を愉しむ48のヒント

宝島社新書

2019年4月24日　第1刷発行

著　者　五木寛之
発行人　蓮見清一
発行所　株式会社宝島社
〒102-8388
東京都千代田区一番町25番地
電話　営業03-3234-4621
編集03-3239-0926
https://tkj.jp
印刷・製本　サンケイ総合印刷株式会社

ISBN 978-4-8002-8837-0